a thousand winds

천 개의 바람이 되어

신현림 치유 시·산문집

🍎 사과꽃

a thousand winds

천 개의 바람이 되어

신현림 치유시·산문집

 사과꽃

천 개의 바람이 되어

contents

창을 열며

죽음을 준비하게 해주는 것은
그것이 무엇이든 삶을 향상시킨다

스티븐 레빈

언제 사라질지 모르는 인연이고 사랑이라 1분 1초가 비단결이
다. 우리는 사랑하는 사람들과 함께 있을 때 매번 다시 태어난다.
그래서 헤어지고 사라진 이들에 대한 상실감과 아픔은 사랑한 만
큼 클 수밖에 없다. 이 힘든 시절에 나는 나만의 기도를 하였다.

'두렵고, 더는 잃어버릴 것도 없이, 나약한 자신과 마주하
며 비바람처럼 흐득입니다. 상처 가득한 자리에서 다시 일
어서게 힘을 주소서'

나의 기도는, 무력하고 허망하더라도 세상과 삶을, 사람을 포기

하지 않겠다는 사랑의 약속이다. 그리고 희망을 만들겠다는 각오
다.

 이 책은 먼저 죽은 자를 그리워하며 넋을 기리는 노래인 〈천 개
의 바람이 되어〉를 누가 썼고 무엇을 의미하는지 깊이 살펴보았다.
슬픔 치유시 25편 모음과 40여 편의 산문, 나의 치유 시 모음과 에
필로그를 담았다. 그리고 나와 이어진 인터넷 카페 〈신현림을 사랑
하는 사람들〉에서 질문한 죽음에 대한 답글을 실었다. 죽음과 죽
음에 대한 내 생각은 그만큼 삶을 열렬히 살겠다는 뜻일 텐데, 카
페 식구들 생각은 어떨지 묻고 댓글을 담았다.

이 책이 상처와 상실감에 헤매거나 쓰러진 이들을 어루만져드리면 좋겠다. 우리의 잘못으로 먼 길을 간 희생자의 넋을 기리고, 남은 자들의 슬픔 치유에 힘이 되었으면 한다. 〈천 개의 바람이 되어〉를 국내 처음으로 번역해 세상에 소개한 2005년은 나의 어머니께서 의식불명으로 쓰러져 투병 중이셨다. 그때 사과밭 촬영을 다니기 시작하면서 '사과꽃 엄마'를 쓸 만치 엄마는 사과꽃을 닮으셨다. 나는 엄마가 없었으면 시인과 예술가로 살기 힘들었을 것이다.

아버지와 딸, 가족과 함께 이 책으로, 다시는 볼 수 없어 그리운 엄마의 넋을 기리고 싶다. "사과꽃" 향기를 담아 책을 정성껏 만들어준 '문학의문학'에 감사드린다.

세상의 모든 상실의 아픔을 겪는 분들 옆에 이 책을 살며시 놓아드린다.

2014. 5. 3

꽃사과나무 아래서 신현림 드림

프롤로그

a thousand winds

Do not stand at my grave and weep.

I am not there, I do not sleep.

I am a thousand winds that blow.

I am the diamond glint on snow.

I am the sunlight on ripened grain.

I am the gentle autumn rain.

When you awake in the morning's hush,

I am the swift uplifting rush

of quiet birds in circled flight,

I am the soft stars that shine at night.

Do not stand at my grave and cry,

I am not there, I did not die.

author unknown

내 무덤 앞에서 울지 마세요.

나는 그곳에 없어요

나는 잠들지 않아요

나는 천의 바람, 천의 숨결로 흩날립니다

나는 눈 위에 반짝이는 **다이아몬드입니다**

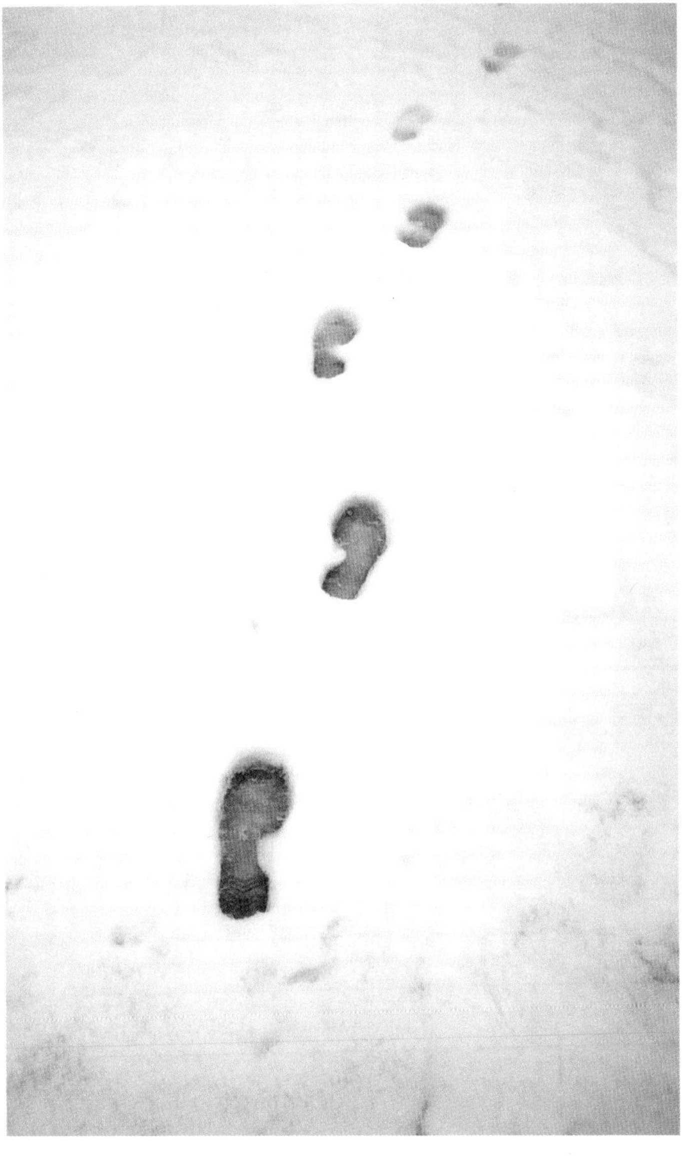

나는 무르익은 곡식 비추는 햇빛이며

나는 부드러운 가을비입니다

당신이 아침 소리에 깨어날 때

나는 하늘을 고요히 맴돌고 있어요

나는 밤하늘에 비치는 **따스한** 별입니다

내 무덤 앞에서 울지 마세요

나는 그곳에 없어요

나는 죽지 않습니다

천 개의 바람이 되어

내 무덤 앞에서 울지 마세요.
나는 그곳에 없어요. 나는 잠들지 않아요
나는 천의 바람, 천의 숨결로 흩날립니다
나는 눈 위에 반짝이는 다이아몬드입니다
나는 무르익은 곡식 비추는 햇빛이며
나는 부드러운 가을비입니다

당신이 아침 소리에 깨어날 때
나는 하늘을 고요히 맴돌고 있어요
나는 밤하늘에 비치는 따스한 별입니다

내 무덤 앞에서 울지 마세요
나는 그곳에 없어요. 나는 죽지 않습니다.

원작자 미상/ 신현림 역

천 개의 바람이 전하는 말

하늘로 향하는 존재

　바람 부는 날이면 왠지 황홀하면서 가슴이 먹먹하다. 손에 잡히지 않는 그 오래된 시간의 무게를 느껴서일까. 서글프고 가슴이 조여 오며 흙먼지에 가려 아득해지듯 깊은 무상함을 느낀다.

　죽음에 대한 생각. 아무것도 남지 않고 사라진다는 것. 이것은 생각일 뿐이고, 우리는 아무 것도 모른다. 다만 나는 신앙인이라 사후 천국을 믿으며, 현실의 삶도 천국으로 가꾸고 싶다. 그리하여 남겨진 삶을 하느님께 감사하며 지혜롭게 살고 싶다.

　일찍이 독일 철학자 하이데거가 인간의 존재를 "죽음을 향하고 있는 존재"라 했듯이 죽음은 '언제나 나의 것'이다. 그리하여 사람은 하늘로 향하는 존재라고 말하고 싶다.

　오늘밤에도 누군가는 죽어가고 또 누군가는 태어날 것이다. 누군가는 만나고 헤어질 것이며, 누군가는 행복의 절정을 맞이하며, 절망한 이는 한없는 슬픔에 잠길 것이다. 차츰 내 곁에 있는 소중한 것들이 조금씩 닳고 스러져간다. 내 몸도 조금씩 닳아져 간다. 이것이 생의 질서다. 어쩔 수 없다.

천 개의 바람으로 흩어지는 사람들을
떠올리면서

　어느 날 믿었던 것이 무너지고, 어느 날 있던 것이 사라지고, 너무나 고민했던 문제가 정말 아무 것도 아닌 물거품이 될 때! 요즘 내 가슴이 그런 무너짐 속에 있다. 날이 환할수록 더 무너지는 슬픔 속에 휩싸일 때도 있다. 오늘은 서럽고 슬프고 스산한 가슴을 어루만지며 바람 속에서 둥둥 떠다녔다. 그러다 내 그림자가 어디 있지 하고 뒤를 돌아보니, 다행히도 있었다. 기다란 빗자루보다 힘없어 보였지만, 다행히 부드럽게 나를 잘 따라오고 있었다. 힘없이 살수록 챙겨야 할 일들이 많다. 내가 남긴 쓰레기 분리수거부터 몸건강까지. 무엇보다 자신의 영혼을 잘 챙기기. 꽃향기처럼 늘 향기 나는 사람이 되도록 잘 살피기.

　얼마 전 흰 빛과 보랏빛 라일락꽃이 진한 향기를 뿜어대더니 둘러보면 다 떨어져버렸다. 또 꽃이 없나 둘러보니 나도 모르는 꽃들이 피어 고개를 내밀어 생의 찬가를 부르고 있었다. 그래 힘을 내야지. 녀석들, 마치 사람 같구나. 내가 키우는 치자나무 자스민, 장미꽃, 한련화, 상추까지 사람처럼 미묘한 감정의 흐름이 보일 때가 있다. 사라진 누군가 저 꽃들로 다시 피어 말을 건네오나보다 싶어, 다시 한 번 눈여겨본다. 천 개의 바람으로 아프게 흩날리는 사람들을 떠올리면서 그저 애잔하여 가슴에 안아본다. 나는 일상의 이 작은 위대함 속에 살아감에 늘 감사드린다.

〈천 개의 바람이 되어〉는 누가 썼을까

12줄의 짧은 이 시는 영어권에서 꽤 알려졌다.

영화감독 하워드 혹스의 장례식에서 존 웨인이 낭독하였고, 여배우 마릴린 몬로의 25기일 때도 이 시는 낭독되었다고 한다. 그리고 미국 9·11 테러의 1주기에서, 테러로 부친을 잃은 11살의 소녀가 이 시 〈천 개의 바람이 되어〉를 낭독하여 듣는 이들의 가슴을 뭉클하게 하였다.

그러나 그토록 널리 사랑받고 유명한 시임에도 누가, 언제 썼는지 대해서는 갖가지 설만 무성하였다. 다만 별, 햇살, 바람 등 시 전반에서 느껴지는 자연의 이미지를 근거로 아메리카 인디언들 사이에서 전승된 것을 누군가가 영어로 번역했다든가, 1932년 메리 프라이라는 여성의 작품이란 설 등이 있었다. 이처럼 인터넷에는 다양한 버전의 시들이 떠돌고 있는 가운데, 이 시가 널리 알려지게 된데에는 다음과 같은 슬픈 일화가 전해진다.

1989년, 스물 네 살의 영국군 병사 스테판 커밍스는 IRA(아일랜드 공화국군)의 폭탄 테러로 목숨을 잃었다. 스테판은 생전에 '자신에게 무슨 일이 생기면 열어 보세요.'라며 한 통의 편지를 남겨두었다고 하는데, 그 편지에 이 시가 들어 있었다.

스테판의 장례식이 열리던 날, 부친은 아들이 남긴 편지와 이 시를 낭독했고 이 사실이 BBC에서 방영되어 전국적으로 큰 반향을 일으켰다. 수많은 이들이 시의 복사본을 구하고자 하였고, 이 시 〈천 개의 바람이 되어〉는 지난 60년간 가장 많은 리퀘스트를 받은 영시라는 평을 받았다. 이 사실은 순식간에 영국 전역과 영어권 나라에 퍼지게 되었다. 그 당시 한 언론에서는 '폭풍우처럼 온 나라를 휩쓴 시'라고 게재했을 정도였다.

그 후 소중한 사람을 잃은 슬픈 자리엔 늘 이 시 〈천 개의 바람이 되어〉가 함께 했다. 마릴런 먼로나 9·11 테러, 우주비행선 챌린저 호에서 사망한 다섯 비행사들의 추도식에서도 읽혀질 정도로, 이 시가 떠나간 사람을 추억하고 남겨진 이들의 마음을 달래는 '생과 죽음의 시'로서 사랑받게 된 것이다.

나는 이 시를 외국에서 생활하는 후배를 통해서 알게 되었다. 후배는 내게 간혹 원서와 관련된 자료를 부탁하곤 했는데, 어느 날 좋은 시를 알게 되었다며 알려온 것이다.

처음에는 막연히 괜찮다고 느꼈는데, 몸이 몹시 아파 병원에 누워 링거를 맞으면서 읽으니 더욱 가슴깊이 와 닿았다. 그리고 한 겨울에 들이닥친 동남아시아 지진 해일재앙에 많은 이들이 사망한 뉴스가 있었다. 참으로 삶과 죽음은 더 기이한 모습으로 다가왔다. 끝날 기미를 보이지 않는 이라크 전쟁과 자살 폭탄 테러 뉴스를 보면서 정말 사는 게 뭘까 깊은 회의에 빠지곤 했다.

또한 이 때는 죽음에 대한 두서없는 생각들이 구름처럼 흘러 다녔다. 기껏 독감 하나 가지고 병원에서 한 나절을 입원하다니, 스스로 부끄러웠다. 어느 정도 몸이 회복되자, 이 시에 대해 좀 더 알아보고 싶은 마음이 생겼다.

인터넷에 접속하자 이내 시와 관련된 많은 기사를 접할 수 있었다. 이 시가 널리 알려지면서 여러 버전이 생겼고, 첫 번째 행을 타이틀로 소개한 곳도 있었다. 시어의 반복이나 선택에 있어서 미묘한 차이가 있어 번역이 참 중요함을 느꼈다.

제프 스티븐스라는 작곡가는 시에 곡을 붙여 음반을 내기도 했는데, 그의 사이트 〈To my all loved ones〉에는 이 시와 작곡하는 과정, 가수를 소개하는 글과 함께 샘플 음악을 들을 수 있도록 해두었다.

www.toallmylovedones.com

제프 스티븐스는 주로 사랑을 주제로 한 노래로 상도 탄 유명한 작곡가다. 이 시가 TV와 라디오에서 읽혀지는 것을 본 후 사별의 슬픔을 달래는 노래가 사람들에게 긍정적이고 의미 있음을 알게 되었다고 했다.

또 그는 이 시의 아름다운 단어들에 압도되어서 노래로 만들 밖에 없었다고 한다. 죽음에 관한 내용이지만 절대 부정적이지 않으며 희망과 위로의 메시지를 담은 노래이기 때문이다. 실제 이 노래를 들으면 참 감미롭다. 아주 부드럽고 포근한 바람이 어루만지는 느낌. 인생의 손길이 하염없이 다정하여 어느새 마음도 순화되어 온 하루를 정성을 다해 살게 만든다. 그만큼 영성적이다.

사랑하는 이를 잃고 나서야 보이는 것, 영적인 울림

〈천 개의 바람이 되어〉는 영적인 울림으로 가득한 시다. 아주 쉽고 익숙한 단어들로 이루어진 한 편의 시지만, 사랑하는 이들을 잃어본 이들에게는 가슴 절절하여, 지팡이처럼 이 노래에 매달려 울게 만든다. 이것은 그만큼 영적인 울림으로 가득하기 때문이다. 어머니의 의식불명상태를 오래 지켜보며 그 영적인 세계가 있음을 나는 믿게 되었다. 엄마가 돌아가셨을 때 내게 이런 깨달음이 왔었다.

영적인 울림과 관심은 사랑하는 이를 잃어야 보인다지요. 잃고 아프고 죽을 듯이 힘들어봐야 그 영적인 세계가 눈에 온다는 거지요.

사랑하는 엄마를 잃고서야 영적세계가 눈에 들어왔고, 인생과 종교와 세상을 깊이 이해하게 되었다. 나이가 들어갈수록 내가 영적세계에 시선을 두니 사람의 영혼을 느끼곤 한다. 사람 이전의 사람이...'

미사를 보러 명동으로 성당을 다닌 지 5년이 되어간다. 나는 미사 드리러 갈 때와 아닐 때가 참 많이 다름을 섬세하게 느낀다. 바람 한 줄기, 햇살 한 점, 내 눈에 가득 들어오는 세상은 순면이 피부에 닿을 때처럼 생생하다. 한 겹짜리 인생이 두 겹 몇 겹 두터워지는 보람이랄까. 신을 섬기는 마음으로 사람도 잘 섬기면 관계는 더 끈끈하고 단단해지는 신비. 신께서는 지푸라기 같은 인생을 겸손하고 따뜻하게 이끌어주셨다.

한 순간 최대의 비극을 맞은 세월호 침몰사건. 억울한 죽음이 중계되는 고통 속에서, 그 죽음이 헛되지 않게 값진 의미를 되살리는 노력들이 이어지고 있다. 나도 삭막한 속세의 인생을, 조금 더 깊고 아름답게 바꿔보려 노력중이다. 자신의 영혼을, 후회되지 않는 삶을 위해, 가치로운 인생을 위해서라도. 자식에게 하늘에 경배올리고 감사하는 마음을 심어주기 위해서라도.

혼을 불어넣는 불가사의한 언어의 힘

이 시는 살아있는 자가 아닌 죽은 자가 쓴 시다. 원래 추도문이
란 남겨진 사람들이 죽은 자를 그리워하며 넋을 기리는 노래다. 즉
'천국으로 보내는 편지'다. 또한 죽은 자가 천국에서 쓰는 편지라
고 할 만한 내용이다.

이 시엔 뭔가 불가사의한 힘이 있다.

정확히 알 수는 없지만 그건 영혼을 파고드는 힘이다. 단순히 언
어의 연결이 아니라, 혼을 불어넣는 언어의 힘이다.

이 시처럼 죽은 자도 없고, 죽는 일 따위는 없는 게 아닐까. 이렇
게 생각해도 좋을까? 그래도 괜찮을 것 같다. 그래야 덜 슬프지 않
을까. 신앙인들은 확고한 천국에의 믿음이 있다. 나도 그런 믿음을
갖고 있다. 천국에의 소망 속에서 수많은 사람과 헤어져도 그 이별
이 영원히 끝이 아님을 믿는다.

그럼 이 책의 시처럼 죽은 이들이 빛이나 눈, 비, 바람이 되어 유
유히 하늘을 떠다니고 있다면 어떠할까.

나는 거기에 없습니다. 나는 잠들지 않습니다.

나는 천의 바람, 천의 숨결로 흩날립니다

만약 그렇다면 얼마나 마음이 편할까. 죽음이 친구처럼 친근할

수 있다면……. 그렇잖아도 사람들은 비와 눈, 바람에 대해 경이로워 하며 의미를 두지 않는가. 그 이유는 막연하게나마 자신과 동일시하기도 하고, 친구처럼 가까이 느껴서가 아닐까.

그러면 이 시에서 도대체 바람이란 무엇일까?

어쩌면 그 바람을 통해 우리의 영혼, 그 고요한 술렁거림에 귀를 기울인단 생각이다.

바람은 언제 어디서나 불고 있다. 자유롭게 나타났다가는 사라진다.

언젠가 나는 페트병에 바람을 담아 들고 있어 봤다. 하지만 어딘가 갇히기 힘든 속성은 잘 담아지지도 않았다. 바람은 어딘가에 갇히는 걸 싫어한다.

새로 태어났다고 생각하면 바로 사라져 버린다.

바람은 언제나 매혹적인 그 무엇

바람 부는 날엔 잃어버린 꿈이 되살아난다. 머리카락 휘날리듯
이 나의 꿈들도 요동을 친다. 가슴도 뭉클하고 상상력도 천천히 소
용돌이친다. 바람은 숨, 대지의 숨결이며, 숨결 위의 숨결이며, 지
구와 우주의 호흡이다.

천 개의 바람이 된다는 것은 무엇일까?

대지나 지구, 우주와 한 몸이 되는 것이다. 어느 순간 사람이 죽으면 먼저 바람이 되고, 다시금 갖가지 형상으로 태어나는 게 아닐까. 누구나 죽지만 진정 죽지 않는다. 사람이 아닌 다른 존재로 다시 태어날 뿐이라고 저자는 생각했을 것이다.

사람으로서의 역할이 끝나면 바람이 되어 아득한 하늘을 오간다. 다음으로 눈이 되고 빛, 비가 되며 새와 별로 계속 생을 이어간다. 결코 누구나 사라지지 않는다는 것.

아, 얼마나 희망적이고, 긍정적인 가치관인가. 나도 마찬가지 생각을 가지고 있다. 대다수의 사람들이 이런 생각을 가지고 있지 않을까.

지구상에 공존하는 모든 살아있는 것들에게 저자는 절대 긍정을 하고, 모든 생명을 감싸안는다. 시인은 '죽음과 재생의 시'를 쓰려고 한 것이었다.

나는 지금 아이들의 죽음에 비감스러워진 채로 사무엘 베버 작곡의 〈현을 위한 아다지오〉를 듣고 있다. 하염없이 존재의 바닥까지 이끄는 음악. 그 깊은 음악을 듣는 밤. 올리버 스톤 감독의 영화 [플래툰]의 삽입곡으로 유명해진 음악이기도 한 이 비장한 음악을 들으며 글을 다듬었다.

시로나 노래로나 세상의 모든 조곡들, 애도하는 시는 죽은 자를 위로하며 산 자와 이어지는 사랑의 끈이다. 이 〈천 개의 바람이 되어〉가 깊은 위로를 줄 것이다.

2부

슬픔치유시 모음

당신 그리워지는 날에는

¨ 삽포

오늘 나는 당신이 그리워요
함께 있지 못해서
당신과 함께 보냈던 행복한 날들을 떠올리고
당신과 함께 보낼 멋진 날들을 고대하며
오늘 하루를 보냈어요.

당신의 미소가 그리워요.
그 미소가 당신이 나를 사랑한다는
미묘하고 숨길 수 없는
표현인 걸 나는 알고 있어요.

말은 안해도 따스한 위안으로
모든 두려움을 녹여줘요.
그리고 당신의 미소는
깊고 진지한 사랑만이 주는
행복감과 안도감을 내게 주지요.

당신의 손길이 그리워요.
어떤 손길보다도 더

따스하고 아늑한
그 부드러운 감촉
오늘 나는 당신이 그리워요.

당신은 나의 반쪽이므로.
나 혼자서 내 삶을
살 수 있다 해도
지금의 내 삶은
우리의 모든 경험을
아낌없이 나누는 삶이에요.

비오는 날

¨신도 료코

여자가 울면 나는 견딜 수 없이 괴롭다
울지 않게 하려다 내가 운다
남자가 울면 슬퍼진다
그 눈을 보기만 해도 나는 외친다
갓난애가 울면 애가 탄다
왜 그래 왜 그래 하고 말로 어르어 본다
어린애가 울면 화가 치밀어오른다
울고 싶은 쪽은 나라고 호통치고 싶다
소녀가 우는 것은 아름답다
응석부리지 말라고 비꼬아주고 싶다
소년이 우는 건 구질구질해 보인다
나는 어찌할 바를 모른다
노인이 우는 건 안쓰럽다
어두운 표정을 하고서 끌어안는다
내가 우는 건 아주 우스꽝스럽다
나는 눈물탓으로 돌린다

밤에 오세요

밤에 제게 오세요.
우리 서로 꼭 껴안고 잠들어요.
난 외로운 불면증 환자,
이름모를 새는 새벽에 벌써 울었죠.
내 꿈이 꿈과 함께 뒹굴 때

꽃들은 모든 샘터에서 피어나고
세상은 그대 눈빛으로 물든답니다.

밤에 제게 오세요.
고운 신을 신고 사랑에 감싸여
느지막이 나의 지붕으로,
그러면 뿌연 하늘에 달이 떠올라요.

우리는 두 마리의 들짐승처럼
세상의 뒤켠,
갈대밭 속에서 사랑을 나누어요.

정주성

¨ 백석

산턱 원두막은 뷔었나 불빛이 외롭다
헌깊 심지에 아즈까리 기름의 쪼는 소리가 들리는 듯하다

잠자리 조을 듯 문허진 성터
반딧불이 난다 파란 혼 (魂)들 간다
어데서 말 있는 듯이 크다란 산새 한 마리 어두운 골짜기로 난다

헐리다 남은 성문이
한울빛같이 훤하다
닐이 밝으면 또 메기수염의 늙은이가 청배를 팔러 올 것이다

종달새

윤동주

종달새는 이른 봄날
질디진 거리의 뒷골목이
싫더라.
명랑한 봄하늘,
가벼운 두 나래를 펴서
요염한 봄노래가
좋더라.
그러나,
오늘도 구멍 뚫린 구두를 끌고,
훌렁훌렁 뒷거리길로
고기새끼 같은 나는 헤매나니,
나래와 노래가 없음인가
가슴이 답답하구나.

누구든 떠날 때는

¨ 바흐만

누구든 떠날 때는
한 여름에 모아둔 조개껍질
가득 담긴 모자를
바다에 던지고
머리카락 날리며 멀리 떠나야 한다
사랑을 위하여 차린 식탁은
바다에 버리고
잔에 남은 포도주를
바다 속에 따르고
뺑은 물고기들에게 주어야 한다.
피 한 방울 뿌려서 바닷물에 섞고
나이프를 고이 물결에 띄우고
신발은 물속에 가라앉혀야 한다.
심장과 달과 십자가 그리고
머리카락 날리며 멀리 떠나야 한다.
그러나 언제 다시 돌아올 것을,
언제 다시 오는가?
묻지는 말라.

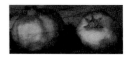

내가 죽으면

¨ 파블로 네루다

내가 죽으면 그대 손을 내 눈 위에 올려 주오.
그대 사랑하는 손의 빛과 보리가
한번 더 내게 서늘함을 전해주어
내 운명을 바꾼 그 상냥함을 느끼도록.

내가 잠자면서, 그대를 기다리는 동안 그대는 살아 있기를 바라오.
그대의 귀가 계속 바람소리를 듣고
우리가 함께 사랑한 바다의 향기를 마시고
우리가 걷는 모래 위를 계속 걸어주오.

내가 사랑하는 것이 계속 살아 있기를 바라오.
그리고 나는 그대를 사랑하여 그 무엇보다 그대를 노래했소.

나의 사랑이 그대에게 지시한 곳에 닿을 수 있도록.
나의 망령이 그대의 머리카락 위를 떠돌 수 있도록.
그리하여 모두가 내 노래의 이유를 잘 알 수 있도록.

죽은 뒤

로제티

커튼은 반만 내려져 있고 마루는 말끔한데
내가 누운 자리 위엔
풀과 로즈마리가 뿌려져 있다.

창가에는 담쟁이가 기어든다.
그가 내게로 몸을 구부린다. 내가 깊이 잠들어
그가 온 소리를 못들었으리라 여긴다.

'가엾은 것'하고 그가 말한다.
그가 돌아서고 깊은 침묵이 감돌 때
나는 그가 울고 있음을 안다.

그는 내 수의에 손을 잡거나 하지 않는다.
내가 살아 있을 때 그는 나를 사랑하지 않았다.
죽고 난 후에야 가엾이 여긴다.

내 몸은 싸늘하지만
그의 체온이 여전히 따스하여 얼마나 기쁜지.

두 가지 두려움

캄 포아르

그날 밤이 다가왔네.
그녀는 나를 피하며 말했지.
"왜 옆으로 다가오시나요?"
"아, 당신이 정말 두려워요."

그리고 밤이 지나갔네.
그녀는 내게 다가오며 말했지.
"왜 나를 피하시나요?
아, 당신이 없으면 정말 두려워서요."

나를 생각하세요

구스타포 A.베케르

창문 앞 나팔꽃 넝쿨이 흔들림을 보고
지나가는 바람이 한숨짓는다 생각하시면
그 푸른 잎사귀 뒤에 내가 숨어
한숨짓는다 생각하세요

그대 등 뒤에서 나직이 무슨 소리가 들리고
멀리서 누군가 부른다고 여겨 돌아보시면
좇아오는 그림자 속에서 내가 있어
그대 부르는 걸로 생각하세요

한밤 중에 이상하게도 그대 가슴이 설레고
입술에 불타는 입김이 느껴지면
눈에 보이지 않아도 그대 바로 곁에
내 입김이 서린다고 생각하세요

어느 개의 묘비명

¨ 바이런

이곳에 어느 개의 유해가 묻혔다.
그는 아름다웠으나 허영심이 없고
힘이 있었으나 거만하지 않고
용감했으나 잔인하지 않고
인간의 모든 덕목을 가졌어도 그 악덕은 갖지 않았다.
이 칭찬이 인간의 묘비위에 새겨진다면
의미없는 아부겠으나
개의 영전에 바치는 말로는 정당한 찬사이리.

트리스탄 차라

″ 필립 수포

저기 있는 너
너는 내게 악수도 안해주었구나
네 죽음의 소식을 들었을 때 우리는 많이 웃었지
네가 영원히 살까봐 얼마나 겁이 났었다구

네 마지막 숨결
네 마지막 미소

꽃도 없고 왕관도 없고
오직 작은 자전거들 뿐
그리고 길이가 오미터나 되는 나비떼들

초상화

¨ 스탠리 쿠니쯔

내가 태어나기 몇 달 전
그토록 힘들었던 봄날,
공원에서 자살해버린 아버지를
어머니는 끝내 용서하지 않았다.
아버지 이름을
장롱 깊은 곳에 가두고
한번도 꺼내지 않았지만
어머니의 깊은 곳에서 두들겨대는
아버지의 주먹질 소리를 나는 들었다.
어느 날, 내가 다락방에서
길쭉한 입과 멋진 콧수염,
깊은 갈색의 평화로운 눈빛을 지닌
낯선 이의 초상화를 찾아 내려왔을 때
어머니는 아무 말없이
파스텔 초상화를 갈가리 찢고는
내 뺨을 거칠게 때리셨다.
이제 내 나이 예순 넷
타는 듯, 지금도 나는 그 뺨이
아프다.

죽은 자들이 아는 진실

앤 섹스턴

1902년 3월에 태어나 1959년 3월에 돌아가신 어머니와
1900년 2월에 태어나 1959년 6월에 돌아가신 아버지를 위해

떠나셨구나, 하며 나는 교회를 걸어 나왔습니다.
묘지로 가는 무거운 행렬에서 빠져나와
영구차에 외로이 고인을 태워 보냈습니다.
6월입니다. 나는 이제 용감한 것에 지쳤습니다.

우리는 희망봉으로 차를 몰았습니다.
하늘에서 태양이 도랑물처럼 흘러내리고
철문처럼 흔들리는 바다를 일구었습니다. 그리고
우리는 만났습니다. 사람들은 다른 나라에서도 죽습니다.

내 소중한 바람은 흰 심장의 물로부터 돌덩이처럼
무너지고 우리가 만나는 순간 완전한 만남으로
들어갑니다. 아무도 홀로치 않습니다.
사람은 이것, 그 정도 때문에 죽기도 합니다.

죽은 이들은 어떤지요? 그들은 돌로 된 배 안에서
맨발로 누웠습니다. 그들은 정지된 바다보다 더욱
돌덩이 같습니다. 그들은 축복받는데
제외됩니다. 목구멍과 눈과 손가락 관절뼈는.

열다섯 살에 군대에 징집되다

¨ 한대 악부 민가

열다섯에 군대에 징집되어
팔십이 되어서야 돌아왔네.
길에서 마을 사람 만나
"집에 누가 있나요?"라고 물었네.
"멀리 보이는 곳이 당신 집이오"라길래
우거진 송백 사이로 옹기 종기 무덤이 있고
개구멍으로 토끼가 드나들고
대들보 위로 꿩이 날아다니네.
마당 가운데에는 곡식이 자라고
우물 위에는 아욱이 돋아나네.
낟알 빻아 밥을 짓고
아욱 뜯어 국을 끓인다.
밥이며 국이며 금방 익었건만
누구와 함께 같이 먹나?
문밖에 나와 동쪽을 바라보니
눈물이 옷을 적신다.

노파에 대한 이야기

¨ 타데우슈 루제비치

나는 늙은 여자들을 사랑한다
못생긴 여자들을
심술궂은 여자들을

늙은 여자들은
지구상의 소금이다

늙은 여자들은
훈장의
사랑의
신앙의
이면을 알고 있다

늙은 여자들이 왔다가 간다
인간의 피로 더럽혀진 손으로
독재자들이
못된 짓을 저지르는 동안에
늙은 여자들은
아침이면 일어나서

고기와
빵과
과일을 판다
청소를 하고
요리를 한다
무슨 일이 일어나건
쳐다보고만 있다

늙은 여자들은
죽지도 않는다

햄릿은
그물 속에서 미쳐 날뛰고
파우스트는
파괴적이고
가소로운 역할을 하고
라스꼴니꼬프는
손도끼로 친다
그러나

늙은 여자들은
파괴될 수 없는 존재다
늙은 여자들은
태연히 웃고 있다

신은 죽는다
그러나
늙은 여자들은
날마다 어김없이 일어나서
새벽에
빵과 포도주와
고기를 판다
문명은 소멸한다
그러나 늙은 여자들은
아침에 일어나서
창문을 열고 쓰레기를 치운다

인간은 죽는다
그러나 늙은 여자들은

시체를 씻고
죽은 자를 묻는다
무덤 위에는
풀이 나고 꽃도 핀다

나는
늙은 여자들을 사랑한다
못생긴 여자들을
심술궂은 여자들을

늙은 여자들은
영생을 믿는다
늙은 여자들은
지상의 소금이다
늙은 여자들은
나무의 껍질이고
또한
짐승들의 주눅들은 눈빛이다

늙은 여자들의 아들들이
아메리카를 발견하고
그리스의 전장 테르 모필렌에서
전사하고
십자가에서 죽고
우주를 정복한다

늙은 여자들은
아침에 도시로 가서
우유와
빵과
고기를 팔고
수프를 끓이고
창문을 연다

바보들은
늙은 여자들을 비웃는다
못생긴 여자들이라고
심술궂은 여자들이라고

그들은 아름다운 여자들이다
착한 여자들이다
늙은 여자들은
계란이다
비밀 없는 비밀이고
굴러다니는 구슬이다.

늙은 여자들은
성스런 고양이의 미이라다.

늙은 여자들은
작고 메말라
쭈글쭈글한 과일이거나
살찐 타원형의 부처들이다

늙은 여자들이 죽으면
눈에서 흘러내리는 눈물이
입에서 소녀의 미소와
하나가 된다.

꽃촛불 켜는 밤

김소월

꽃촛불 켜는 밤, 깊은 골방에 만나라.
아직 젊어 모를 몸, 그래도 그들은
'해 달 같이 밝은 맘, 저저마다 있노라,'
그러나 사랑은, 한 두 번만 아니라, 그들은 모르고.

꽃촛불 켜는 밤, 어스레한 창 아래 만나라.
아직 앞길 모를 몸, 그래도 그들은
'솔대같이 굳은 맘, 저저마다 있노라.'
그러나 세상은, 눈물날 일 많아라, 그들은 모르고.

껍데기는 가라

¨ 신동엽

껍데기는 가라
사월도 알맹이만 남고
껍데기는 가라.

껍데기는 가라
동학년 곰나루의, 그 아우성만 살고
껍데기는 가라.

그리하여, 다시
껍데기는 가라.

이곳에선 두 가슴과
그 곳까지 내논
아사달과 아사녀가
중립의 초례청 앞에 서서
부끄럼 빛내며
맞절 할지니,

껍데기는 가라.

한라에서 백두까지
향기로운 흙가슴만 남고

그, 모오든 쇠붙이는 가라.

그때는 기억하라

R.펀치즈

길이 너무 멀어 보일 때
어둠이 밀려올 때
모든 일이 다 틀어지고
친구를 찾을 수도 없을 때
그때는 기억하라,
사랑하는 이가 있다는 것을.

웃음짓기 힘들 때
기분이 울적할 때
날아보려 날개를 펴도
날아오를 수 없을 때
그때는 기억하라,
사랑하는 이가 있다는 것을.

시간은 벌써 다 달아나 버리고
시작하기도 전에 끝나 버릴 때
조그만 일들이 당신을 가로막아
아무 일도 할 수 없을 때
그때는 기억하라,

사랑하는 이가 있다는 것을.

사랑하는 이가 멀리 떠나고
당신 홀로 있을 때
어떤 말을 해야 할지 모를 때
혼자 있다는 사실이 한없이 두려울 때
그때는 기억하라
사랑하는 이가 있다는 것을.

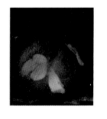

나는 고뇌의 표정이 좋다

 ̈디킨슨

나는 고뇌의 표정이 좋아.
그것이 진실임을 알아서야.

사람은 경련을 피하거나
고통을 흉내낼 수는 없네.

눈빛이 일단 흐려지면 그것이 죽음이네.
꾸밈없는 고뇌가
이마 위에 구슬땀을
꿰는 척할 수는 없는 법이네.

내면의 꽃밭에서

¨ 까비르

정원으로 꽃을 보러 나가지 마렴.
그럴 필요가 없지.
네 육체 안에 꽃이 만발한 정원이 있다.
거기 연꽃 한 송이가 수천의 꽃잎을 피운다.
그 수천 꽃잎 위에 앉으렴
그 수천 꽃잎 위에 앉아서
정원 이전
이후에도
그대로 있는 그 아름다움을 보렴

영혼은 죽지 않는다

¨ 하조라트 미나아트 칸

꽃이 활짝 피고 나면, 돌아갈 때가 된다
영혼이 이 땅에 태어난 목표와 소명을 다하고 나면,
돌아갈 때가 된다.
더 이상 잡을 것이 없으면, 숨이 끊어지면
영혼은 자신을 거둔다.
하지만 숨이 멈추면 사람은 죽는 것일까?
아니다. 그렇지 않다
임종을 맞는 사람과 그의 곁을 지키는 사람들에겐
죽음처럼 보여도
영혼이 자신을 거둘 때, 영혼은 죽지 않는다.

행복

파스칼

불행의 원인은 늘 내 자신이 만든다.
몸이 굽으니까 그림자도 굽는다.
어찌 그림자가 굽은 것을 한탄할 것인가!

나 이외에는 누구도 나의 불행을 치료해 줄 사람은 없다.
내 마음이 불행을 만드는 것처럼
불행이 내 자신을 만들 뿐이다.

그러나 내 자신만이 치료할 수 있다.
당신의 마음을 평화롭게 가져라.
그러면 당신의 표정도 평화롭고 환해질 것이다.

고요한 생활

¨ 알렉산더 포프

소는 젖을 주고, 밭은 빵을 주며
양은 옷을 마련해준다.
그 나무들은 여름이면 그늘을 드리워주고
겨울이면 땔감이 된다.

축복받은 사람이다. 아무 신경쓰지 않고
시간도 날짜도 해도 고요히 흘러가서
몸은 건강하고 마음은 평안하며
낮에는 별일 없다.

밤에는 깊은 잠에 학문과 휴식이 있고
즐거운 오락도 있으며
잡념 없이 전적으로 즐기는 일이란
고요히 묵상하는 것

이렇게 살련다. 남몰래 이름도 없이
탄식하는 일 없이 죽고 싶어라.
이 세상을 소문없이 떠나, 잠든 곳을
알리는 묘비도 없이.

오늘만큼은

˙˙ 시빌.F. 패트리지

오늘만큼은 기분좋게 살자.
남에게 상냥한 미소를 짓고,
예의바르게 행동하며,
아낌없이 남을 칭찬하자.

인생의 모든 문제는 한번에 해결되지 않는다.
하루가 인생의 시작인 기분으로
계획하고 계획을 지키려 노력해보자.
조급함과 망설임이라는 두 마리 해충을 없애고,
나의 인생에 대해 올바른 판단을 하도록 애써보자.

3부

삶과 죽음, 인생 지혜의 글과 나의 단상

가장 많이 아파할 때

가장 많이 아파할 때

가장 참되게 기쁨의 의미를 알게 되고

가장 가난할 때 가장 풍요함을 알고

가장 많이 눌릴 때 가장 많이 자유를 차지하고

가장 많이 굴욕을 받을 때

가장 많이 영광을 지닐 수 있는 것이다

나무는 빗물을 마시고 자라며

인간은 눈물을 마시고

그만큼 더 크게 자라는 것이다

위 글을 누가 썼을까. 중학교 때 친구가 내게 준 엽서에 써있었
다. 스물한 살 때 나만의 노트에 빼곡하게 베껴놓은 글들 중 하나.
재수할 무렵 매번 읽을 때마다 얼마나 위안을 많이 받았던지. 이
글을 내게 준 친구 얼굴이 풍선처럼 둥실 창밖으로 날아가고 있다.

지금 나는 어디 있으며 어디로 가는가

창으로 쏟아지는 햇살에서 봄 기운이 진했다. 햇살에 닿자 금색으로 변하는 작은 스킨 잎사귀. 저 상큼한 봄 햇살 속에서 죽음을 느끼고 내 삶을 어찌 살아야 하나 찬찬히 더듬어 보자.

죽음에 대한 생각. 이것은 지금 나는 어디 있으며, 어디로 가는가에 대한 질문이다. 잠잠히 고요하고 평온한 공간 속에서 자신을 멈춰 세우는 것. 멈추면 깨닫는 것들. 가장 아름다운 시간을 살기 위해 휴식을 취하며 나를 놓아두기. 옷가지를 가지런히 누이듯이. 마음을 내려놓고 이 순간에 흘러나오는 숨결을 느끼기. 오늘은 지뻐하고 충분히 호흡하며 좋은 글과 시를 따라 나의 생각을 정리해 본다. 주르르 내 속에 약이 되는 잠언들을 굴려 가며 되새긴다. 나는 어디 있으며 당신은 지금 어디 있는가.

남겨진 것들에 대한 집착 때문에 죽음을 나쁜 것으로 생각하는
것이죠.
그러므로 '좋은 죽음'을 맞이하기 위해서는 평화로운 마음으로
죽는 방법과 사랑하는 모든 것으로부터 떠나는 방법을
스스로 배워야 합니다.

우조티가 사야도

먼저 우리가 어디에 있는지, 어디로 가고 있는지를 안다면,

무엇을 할지 그것을 어떻게 할지도 정확히 알 수 있다.

에이브러햄 링컨

깨달아라, 그러면 죽음은 삶 속에 있느니라.
둘은 서로 뒤섞여서 달린다.
하나의 양탄자 속에서 실오라기가 가로 세로 달리듯이……
죽음은 만만치 않다.
사람들은 그것을 묻어 버릴 수 없다.
우리 속에는 날마다 죽음과 출생이 있다.

라이너 마리아 릴케

사람이 자신의 운명을 어떻게 받아들이고
그에 대해 어떤 태도를 취하는가에 따라
주위 사람들에게 큰 영향을 미친다.

빅터 프랭클

바람

이 세상 얼굴마다에 너무나도 거대한 바람이 불었다.
이 세상으로 하여 환희에 가득 찬 너무도 드센 바람,
쉴 마당도 휴식처도 없는, 어떤 대책도 지니지 않은 바람,
지푸라기 인간인 우리를 버리면서,
우리가 밟아 온 세월에 쌓인 연륜에 갇혀 있는 인간을 버리면서
…아, 그렇다. 살아 있는 자들의 모든 얼굴 위에 너무도 드센 바람!
…이 세상의 모든 발자취를 더듬어 불어 대는 너무도 드센 바람.

생종 페르스의 시 〈바람〉이 하늘 위에서 펄럭인다.
나는 이 시를 참 좋아한다. 어쩌면 바람을 좋아해서 좋아하지만,
생종 페르스의 거대한 시의 품과 스케일이 황홀해서다. 바람이란
소재를 다뤄서 그럴까. 시가 바람을 바람답게 너무 적절히 그렸기
때문일 것이다. 바람 부는 날이면 가슴이 마구 흔들린다. 마음속
에도 드센 바람이 불어 세월과 삶의 무상함을 느낀다.
바람 따라 아무것도 남지 않고 사라진다는 생각. 삶은 공평하지
않으나 바람이 세상을 공평하게 만들어 간다.

두 번 다시 볼 수 없구나

"두 번 다시 볼 수 없구나, 두 번 다시 만날 수 없구나!"

빈소를 찾아온 너무 많은 사람들, 그럴수록 커지기만 하는 피할 수 없는 공허. 사람들 곁에서 혼자 누워 있는 어머니 생각. 한꺼번에 허물어지는 모든 것들.

거대하고 긴 슬픔의 성대한 시작인 이 모든 것들.

이틀 만에 처음으로 경험하는 것. 아무런 거부감없이 나 자신의 죽음에 대해 생각하다.

롤랑 바르트 〈애도 일기〉

사랑하는 엄마가 돌아가셨을 때 가장 가슴아픈 사실은 두 번 다시 볼 수 없다는 절망감이었다. 프랑스 구조주의 철학자 롤랑 바르트도 어머니 장례식을 치른 10월 27일 이 일기 로 자신의 절망을 표현하였다.
　누구의 죽음이든 특별한 거울이 되어 자신의 죽음을 비출 밖에 없다. 전적으로 아무도 기다려주지도 않고 말 걸어줄 누구도 없이 통째로 혼자 살아야 하는 쓸쓸함. 존재를 뿌리째 흔들어놓는 롤랑 바르트의 애절한 독백.

나의 삶은 무엇이었을까

모든 것이 빠르게 흐르는구나. 클레어. 아무 것도 할 수 없다고 느낄 만큼 힘을 잃고 있어. 거울속의 나를 보면 내가 아닌 거 같아. 이게 인생일까? 미안해 널 힘들게 하고 싶지 않은데, 넌 아직 열다섯 살이잖아.

회복되면 아침식사는 엄마가 준비할게. 10분도 안 걸릴 거야. 사랑해.

나의 삶은 무엇이었을까? 수많은 세월동안 내 꿈을 살아야 했는데, 이젠 그날들이 다 지나가 버렸어. 내가 가질 시간이 이제 없는 것 같아. 아무래도 그 시간들을 낭비하고 중요한 걸 놓친 것만 같구나. 그래도 나에겐 네가 있지. 사랑하는 딸이, 너는 내 삶에 그 무엇과도 바꿀 수 없는 의미와 기쁨을 주었어.

하지만 내가 원했던 다른 것들은 어떻게 됐지? 나는 아프리카도 못 가봤고, 프루스트도 읽지 못했어. 피아노 연주할 줄도 모르고, 악보도 볼 줄 몰라. 종이 위의 검은 점들이 아름다운 소리로 변하는 건 아직도 내겐 미스터리야. 앞으로도 계속 그럴 거고, 스카이 다이빙도 해 본 적이 없어. 사막도 본 적이 없어. 낚시도 못해봤어.

엘리스 카이퍼즈 〈포스트잇 라이프〉

두 모녀는 매일 얼굴도 못 볼 만큼 너무나 바빴다. 다만 매일 사용하는 냉장고에 메모편지를 써서 대화를 나눈다. 냉장고를 통해 일상의 시시콜콜한 이야기를 편지에 담는 소설적 형식이 무척 새롭고 각별했다. 열다섯살 딸 클레어와 메모편지를 나누는 엄마는 산부인과 의사고 솔로맘이자, 시한부 암환자였다. 온통 못해본 일로 가득한 그녀의 육성은 절절하다. 얼마나 우리는 꿈이 많은가. 꿈 많던 시절도 빨리 사라지기에 클레어 엄마의 말은 가슴 깊이 스며든다. 그리고 참 많은 질문을 던지게 된다. 삶의 책장을 닫을 시간에 우리는 어떤 기분이며 어떤 말을 할 것인가? 만일 사랑하는 가족 중 한 사람이 시한부 인생을 살고 있다면 우리는 무얼 줄 수 있을까? 느닷없이 다가온 죽음을 맞는다면 우리는 남은 시간을 어떻게 맞을 것인가? 어떤 마음으로 정든 이들에게 사랑을 전하며 어떻게 이승을 떠날 준비를 할 것인가.

'최악을 준비하며 최선을 희망한다'라는 대목에서 나는 밑줄을 진하게 쳤다. 나의 상황과 참 많이 흡사해서 이 책을 번역하면서 참 많이 울었었다. 1년 넘게 의식불명인 상태에서 나의 엄마도 최악의 죽음을 준비하며 최선의 삶을 희망하다 돌아가신 때이기도 했다. 지금도 엄마를 떠올리면 눈시울이 뜨겁다.

죽은 이를 칭찬하며 잊어가는 산 자들

하나의 살아있던 존재가 사라지고 난 뒤 우리는 그에게 온갖 장점을 가져다 붙인다. 그럼으로써 우리는 별로 힘들이지 않고 그에게서 벗어난다. 이 위선은 내 마음을 좀 가라앉게 해준다. 그러나 나 역시 다른 이들처럼 그 사라진 존재에 대해 유죄이다.

장 그르니에 〈어느 개의 죽음에 관하여〉

나의 20대 후반은 장그르니에의 책으로 가득했다. 그의 다른 에세이 〈섬〉은 지금도 내 가슴속에 하나의 향기로 떠 있다. 아름다워 가슴 출렁였고, 제자인 까뮈가 쓴 서문은 감동스러웠다. 늘 사람들의 장례가 끝나고 나면 언제나 죽은 이를 칭찬하고 기억하면서 우리는 잊어갔다. 너무나 수월하게도. 그리하여 그르니에만큼이나 나도 유죄였음을 고백하고 싶다.

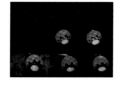

죽음이라는 농담

죽음은 반드시 오지만 죽음의 시간은 정해져 있지 않으니,
모인 것은 흩어지게 마련이고 모아 둔 것은 남김없이 소모되며,
일어난 것이 가라앉으리니, 태어남의 마지막은 죽음이 되리라.
우리가 낭비할 시간이 없다는 것을 깨닫기를.

위 부처의 귀한 말씀처럼 우리는 낭비할 시간도, 너무 심각해져
서 무겁게만 흘려보낼 시간도 없다. 삶을 더욱 뜻깊고 성숙한 자
세로 살기 위해선 늙음과 죽음을 온전히 내 것으로 받아들여야
만 한다. 그래야 더 성실하고 선량하게 살며 스스로 더 편히 느껴
진다. 그렇지 않고서는 많은 감정의 소용돌이에 휘말려 힘들어지
고 만다.

노란 리본

그냥 가슴이 아프고 눈시울이 뜨거워진다. 세월호 침몰로 애들의 죽음을 애도하는 노래를 듣다가 나는 눈을 감았다. 뜨거워진 눈을 식히기 위해 창문을 열고 심호흡을 하였다. 한 번 눈물이 나면 그칠 줄 모르기 때문이다.

청소년 때 가수 배우 김창완 씨의 팬이었다고 책에도 썼던 적이 있어선지 선생님께서 내게도 '노란 리본' 곡을 〈아름다운 이 아침 김창완입니다〉에 발표한다는 문자를 주셨다.

"김창완 밴드가 위로의 마음을 담은 '노란 리본'"이라는 곡을 발표합니다. 오다가다 시간이 맞으면 한번 들어봐 주십시오. 작업이 이제야 끝나서 늦은 시간에 메시지 남깁니다."

바로 페이스북에 내가 알렸더니, 그 다음 날 바로 페이스북 친구가 이 음악을 올려주셨고, 유튜브는 벌써 5만이 본 기록이 남겨져 있었다.

너를 기다려 / 네가 보고 싶어 / 교문에 매달린 / 노란 리본
너를 사랑해 / 목소리 듣고 싶어 / 가슴에 매달린 / 노란 리본

푸른 하늘도 / 초록 나무도 / 활짝 핀 꽃도 / 장식품 같아
너의 웃음이 / 너의 체온이 / 그립고 그립다 / 노란 리본
(휘파람) …

슬픔에 빠진 국민들에게 위로를 주고 있는 노래. 노란 리본의 유래 중 하나를 찾아보았다.

수년간 감옥살이를 한 남자가 출소하였다. 시골 버스에서는 흥겨운 라디오 소리가 들리는데 그는 무거운 표정을 짓고 있었다. 그래서 사람들은 궁금하였다.

그 사내의 사연은 이렇다. 출소하기 전 부인에게 쓴 편지 때문에 마음이 무거웠다.

'나를 사랑하고 기다린다면 마을 언덕에 있는 참나무에 노란 리본을 걸어 주오. 버스 안에서 노란 리본이 걸린 것을 보면 나는 버스에서 내릴 것이고, 노란 리본이 없다면 당신이 나에게 마음이 떠난 것으로 알고 멀리 갈 거야'

편지를 받은 부인이 참나무에 하나씩 하나씩 달기 시작한 노란 리본이 어느새 온 나무 전체를 가득 메웠다. 남자는 마을 어귀부터 고향 사람들의 대환영을 받았다. 비로소 사내는 기뻐하며 버스에서 내렸다는 이야기다.

이 노란 리본은 실종된 친구들이 살아오길 애타게 기다린 온 국민의 마음이 담겼다. 희생된 이들에 대한 변치 않는 사랑을 전하려는 것이다. 유튜브에서 다시 노란 리본 노래가 흘러나왔다. 8번째 듣다 보니 노래를 따라 부르고 머릿속에 기억되는 걸 느꼈다. 아아 잊을 수 없다. 노란 리본. 미안하다. 노란 리본…

바다를 털고 나오렴

　사과꽃이 피었다 지고, 아카시아꽃과 밤꽃이 피어갈 텐데 도저히 이쁜 것들이 눈에 들어오지 않았다. 저 캄캄한 바다에 갇힌 어린 학생들을 죽이고 방치했으니 잔인하고 잔혹한 한국의 어른들이 우리가 아닌가. 생각할수록 배 안의 주검들이 어른거리고 슬프기만 했다. 얼마나 또 사람이 죽고 울분을 터뜨리고 비명을 질러야 우리가 깨어날까. 페이스북에는 아이들의 무사귀환을 바랐던 기도만큼이나 무력감과 허무, 자조적인 통탄의 소리가 쏟아졌었다. 지금도 여전히 아파하고 작은 움직임의 열망과 변함없는 사랑을 전하는 노란 리본의 외침이 계속 이어지고 있다. 앞으로도 사람들의 마음에는 애들을 살리지 못했다는 깊은 죄의식과 슬픔이 짙게 남을 것이다.

　이런 죄의식과 슬픔은 생각하며 사는 사람에게서나 생기는 것이다. 이번 비극으로, 거의 생각을 안 하며 사는 사람들이 있다는 사실에 나는 무척 놀랐다. 선장, 선원에 세월호 주인의 행적하며 더 세상을 초월한다는 배이름 하며 그저 어이없고 기가 막힐 뿐이었다. 상식, 상도에서 벗어나도 너무나 벗어났기에 인간이 무엇인가를 다시 질문하게 되었다.

　그래서 법과 상식의 강력함을 보여줄 강력정부가 절실하다고 생각한다. 그런데 기대하고 의지할 정부의 모습이 안 보였다. 나름 노력은 하겠지만, 도대체 어찌할 바를 모르는 모습에 놀랄 뿐이다.

이후 스페인 여객선 화재와 비교해보면 그 대처방식이 달랐다. 화재 사실을 파악한 선장 및 선원들의 신속한 대처와 전원 구출이라는 뉴스를 보고 우리만 왜 이런가, 그저 부끄러울 뿐이었다. 이럴수록 정신 바짝 차리고 행동해야 하건만, 생명의 존중감도 흐릿하고, 살아있음의 경외심마저 잃은 게 아닐까 한다. 이런 모습은 무능력이다. 평소 눈앞의 욕심만 크고, 인생의 참가치가 무엇인가에 대한 고민을 안 하고 생각조차 없다는 얘기다.

깨달음은 늘 늦게 오기는 한다. 깨어 살지 않을수록 더 그렇다. 좋은 시간이 다 지나고 나서야 좋았음을 깨닫고, 헤어지고 나서야 사랑했음을 깨닫고, 잃고 나서야 소중했음을 깨닫는다. 그 이유는 대부분 그냥 사는 데 급급하다 보니 내가 뭘 원하는지 모를 때가 많아서다. 여유로운 마음으로 깨어 살지 않았기 때문이다. 그리하여 늘 깨어 살며 앞과 뒤의 진실을 살피고, 내가 뭘 원하는지, 살아서 나 자신을 넘어서 나라와 세상을 위해 무엇을 해야 하는지 제대로 아는 게 중요하다.

국가부터 깨어 사는 마음으로 국민을 지키고, 어떤 위기에서도 굳건히 살아남게 전 국민 지혜훈련이 필요하다. 더불어 인생의 목표, 가치, 사랑과 물질의 나눔까지 진정한 삶에 대한 통찰과 깨달음이 있어야 하겠다. 이번 비극으로 비극을 만든 이들의 죄업을 엄단해야 할 텐데. 그리고 이번 희생으로 앞으로 또 있을지 모를 희생을 막는 숭고한 뜻이 있다고 본다. 우리 모두 깨어나 희생이 헛되지 않길 기도한다. 저마다 함께 사는 사회가 빛나도록 노력하고, 다시는 이런 불행이 안 생기도록 결심해야 한다. 방금 전에 세월호에 희생당한 학생들에게 바치는 시를 썼다. 참담하도록 억울한 죽음을 애도하고, 우리 어린 친구들의 영혼이나마 힘껏 껴안아드리면서 이 슬픈 시간 앞에 아래 시 한 편을 전하겠다.

바다를 털고 나오렴

¨ 신현림

누군가 승냥이처럼 길게 울다 사라진다
숱한 너희가 쓰러지고,
대지가 상여처럼 흔들린다

언제나 새 사건이 헌 사건을 밀어냈다
푸른 뱀이 몸을 휘감다 나갈 뿐
시끄럽다가도 순식간에 잊혔다

이번에는 다르구나
잊어서는 안되는 비극이 되었구나

너희들을 지켜주지 못한 나와 어른들을
이 슬픈 뱀이 휘감고 놓질 않는구나
미안해서 심장이 태워지듯 아프고 아프구나
시간을 되돌려 너희들을 모두 구해주고 싶구나

어여, 슬픈 바다를 털고 나오렴
아직 따뜻한 몸이구나
살았구나 살은 거지

오늘 밤 불쌍한 모두를 데려다 잠재워야겠구나
거대한 팽이처럼 소용돌이치는 바람이 멈출 때까지
회오리 바람이 그칠 때까지
추운 손들이 울부짖고
고무풍선처럼 터져버리고
파랑새가 날아가버리고

세상에서 가장 강렬한 노래

캄캄한 밤, 천천히 새어나오던 죽은 이의 가족과 친척의 울음소리는 동틀 무렵과 해뜰 때까지 이어졌다. 그건 울음소리가 아니었다. 느리고 오래 끄는, 사람 마음을 감동시키는 소리였다. 거기에는 다정함이, 더할 데 없이 구슬픈 다정함이 묻어 있었다. 나중에 이때를 기억할 때마다 왠지는 모르겠지만 이 소리는 세상에서가장 강렬하게 사람의 마음을 움직이는 노래라는 느낌이 들었다.

위화 〈세상사는 연기와 같다〉

한국 미술계의 '이상'쯤으로 생각했던 화가 박 모씨의 사망 소식을 접했을 때였다. 개념성과 철학성이 좀 약한 한국미술에 큰 별이라 여겼다. 향년 47세였다. 작업하다 심장마비로 숨졌다는데……. 그 소식 있던 날 TV 환경 스페셜에서 방영한 산소 특집을 본 후, 만일 박 모 화가가 자주 창문을 열고 작업했으면 안 죽었을 거라 생각되었다. 산소 공기 정화기로는 부족하여 창문열기. 창을 열어 바람이 들어와 공기를 바꿔주기. 이것이 얼마나 중요한지. 죽음. 떠난이는 바람이 되고 남은 이는 울음소리로 애도를 한다. 위화의 소설제목처럼 세상사는 연기와 같다.

슬픔도 병

중병이나 수술에 따른 통증을 피할 수 없는 것처럼
불행한 일을 당했을 때도 그 고통에서 도망칠 수는 없습
니다.
슬픔도 병입니다. 가끔 종잡을 수 없고,
늘 고통스럽지만, 상처는 천천히 회복됩니다.

아서 프리즈, 〈슬픔에서 벗어나는 법〉

슬퍼서 무거운 지금, 슬픈 눈으로만 보니 세상이 잘 보이지 않
는다.
앞이 잘 보이려면 슬픔의 그램수를 줄여보기. 마음을 바꿔보기.
슬픈 한 나절을 보냈으니, 오후에는 사과나무 한 그루를 심기.
이리도 가볍고 기쁜 바람이라 노래하니 몸이 좀 가뿐하고 평화롭
기만 하다.
그래요. 이 힘든 시절을 함께 참고 서로 격려하며 잘 지내도록
하지요.

슬플 때 위로해주는 슬픔

우리가 슬플 때 우리를 가장 잘 위로해주는 것은 슬픈 책이고, 우리가 끌어안거나 사랑할 사람이 없을 때 차를 몰고 가야 할 곳은 외로운 휴게소인지도 모른다.

알랭 드 보통의 〈여행의 기술〉에서

얼마 전 오랜만에 만난 식구들과 괜찮은 영화 참 많이 봤다. 〈곰이 되고 싶어요〉, 〈저지걸〉, 〈여친소〉 특히 〈첫 키스만 50번째〉는 모두 감명 깊게 보았다. 이 영화에서 흘러나온 팝송들로 한동안 가슴이 들뜨고 기뻤다. 어떤 팝송이든 내 가슴을 들뜨고 아프게 한다. 지금, 요절한 영화배우 리버 피닉스 River Phoenix를 추모하는 화면과 함께 흐르는 – Don't Cry. 이 노래를 매일 듣는다. 그러면서 가슴을 고문한다. 내 스스로 슬픔에 젖으라고 고문하는 것만 같다. 그래도 이 노래를 떠날 수 없다.

그녀의 재봉틀

가끔가끔 재봉틀이 있는 창가를 건너다보면

한 시간이나 두 시간 그보다 오래

고개를 수그리고서 달달달,

재봉틀은 돌아갑니다

재봉틀은 그녀만의 악기라서

색색이 실패가 풀리는 하루 낮 동안

그녀의 수고로운 삶은 완성되고

아무도 그 세계 건드릴 수 없습니다

그녀는 나를 모르겠지만

골목 하나를 사이로 있는 그녀와

그녀의 재봉틀을 생각하면

멀리 두고 온 시절의 모녀가 그리워지고

나의 하루도 그렇듯 더불어 갑니다

이층 베란다를 통하면 재봉틀이 있는

창가가 보이고 재봉질 하는 그녀가 보이고

가끔가끔 나는 골목 하나를 사이로⋯⋯

최영숙의 시 〈골목 하나 사이로〉

한 시상식에서 만난 그녀. 휠이 통할 것 같고 서로 반가운 마음에 나중에 만나자고 했었다. 간혹 그녀가 궁금하고 만나고 싶었다. 오늘 놀랍게도 도서관에서 그녀의 유고시가 실린 시들로 그녀를 만났다. 작년 10월 29일 지병인 '확장성 심근증'으로 세상을 떠났다. 이루 말할 수 없이 아깝고 마음 아팠다. 인생이 너무 짧아 잠시 화도 났다. "모든 여자의 이름은 쓸쓸하고 가없이 슬픈 몸"이란 다른 시귀도 가슴에 와 닿는다. 일상에서 무심코 스쳐 지나거나, 낡고 바랜 것들에 애정을 가진 시인 최영숙. 늦었지만 삼가 고인의 명복을 빈다.

이렇게 인생은 언젠가 본 날이 마지막이 될 수 있다는 것……. 인생은 이슬같이 참 아슬아슬하다. 여리게 겨우 존재하는 사람들. 산 자의 몫은 떠난 자들이 다 못 이룬 꿈과 희망을 되살려 삶을 긍정하는 일이 아닐까.

그 귀한 책들은 절망하지 말라고
간곡히 말하고 있었다

오래도록 심각하게. 모여 있는 그 귀한 책들은 하나같이 인간의
편을 들고 옹호하고 변호하면서 칼 씨에게 용기를 잃지 말라고, 절
망하지 말라고 간곡히 말하고 있었다. 플라톤, 몽테뉴, 에라스무
스, 데카르트, 하이네…… 이들 고매한 선구자들을 믿어야 했다.
인내심을 가져야 했고, 사람들이 인간성을 드러내고 혼란과 오해
가운데에서 방향을 잡고 극복할 시간을 주어야 했다. 시간이 걸
릴 뿐이었다. 믿음과 용기를 잃지 말아야 했다.

로맹가리 소설집 〈새들은 페루에 가서 죽다〉 중에서

선반에 놓여 있는 작은 라디오에서 조용한 음악이 마악 끝나
고 진행자의 가라앉은 목소리가 흘러나왔다. 제목은 모르지만 오
늘 날씨와 무척 어울리던 음악이었다. 그 음악이 끝나갈 무렵 문
방구 주인 아줌마의 말이 내 몸을 꼭 붙들어 매었다. 꼼짝할 수가
없었다.

"쯔쯔, 이쁜 여자가 자살을 했네."

"누구가요?"

"〈불새〉에 나온 영화배우 이은주 있잖아."

갑자기 소름이 끼쳤다. 목매달고 자살했다는 얘기가 믿어지지
않을 만큼 낯설고 이상하기만 했다. 숨이 막힐 듯 누군가에게 이

소식을 알리고 싶었다. 그래서 아는 언니께 이 소식을 문자 메시지로 띄웠다. 그러자 비둘기처럼 날아드는 답 메시지.

"자연사하자구. 우울하면 우리 얘기하자구요."

좀 전에 산 캔 커피를 주머니 속에서 만지면서 마음을 녹여 갔다. 다른 손으로는 문자 메시지를 날렸다.

"우울하시면 연락주세요. 제가 소방차 끌고 갈게요."

지나치게 바쁜 일상을 살다가 느닷없는 죽음이 이토록 마음을 헤집어 놓다니, 저마다 해야 하고 쌓인 일로 짓눌려 살다가 비로소 타인의 죽음을 통해 나의 죽음을 생각하고 삶을 재정비한다.

자의식이 강한 사람들은 자부심이 약하다고 한다. 무척 힘이 넘치는 사람처럼 보이지만 내면은 나약하다. 인정을 받고자 하는 노력이나 자존감이 무너지면 한도 끝도 없이 허물어진다던데 혹시 그녀도 그런 것은 아니었을까.

나는 도서관 로비에서 한참동안 서성이며 진정한 행복이 뭐고, 왜 살아 있는가에 대한 뻔한 질문을 했다. 나 스스로 10년 넘게 혹독한 불면증과 우울증을 겪어봤기에 그녀의 자살을 충분히 이해는 한다.

그러나 삶의 잔인한 고통은 때로 전화위복의 기회가 되며, 힘든 세월을 이겨 내면 그래도 인생은 살 만한 것이 된다. 고금동서를 막

론하고 고매한 선구자들이 말한 핵심도 결국 인생은 살 만하다는 것이고, 절망하지 말라는 얘기였다.

그걸 불행이라고 생각해 본 적은 없어요

난 아무 것도 몰라요. 그냥 아무 것도 모르는 여자예요. 그걸 불행
이라고 생각해 본 적은 없어요. 비온 뒤 부드럽고 따뜻한 땅에 꽃
씨를 뿌리고, 싹이 돋아 피어나는 모습에 놀라 기뻐하는 여자예
요. 욕심만 부리지 않는다면 그날 그날을 남들처럼 예사롭게 살
아갈 수 있어요. 미래도 있구요. 아이가 있잖아요.

오정희 〈별사 (別辭)〉

흰 구름을 밀어가는 바람 속에서 황홀한 마음으로 하루를 안았
다. 다시 없을 오늘, 희망을 가지고 시작하겠다. 그런데 뉴스 여론
조사에서 희망 없이 산다는 국민이 70% 이상이나 된다는 소식. 어
느 정도 예감은 했으나 심각하여 마음이 무겁다.

나도 비관주의자였다. 하지만 심각한 불면증 외에 그 어떤 불
행도 불행이라 생각지 않았다. 오정희 선생님의 소설들을 좋아했
던 옥탑방 시절이 생각난다. 아주 작은 다락방에서 살 때, 가난했
고 외로웠기에 더 시작업에 매진하고 사진을 배우러 다닌 기억이.

계속 가장으로 살다보니 애를 위해, 희망을 만들어야만 한다는
책임감이 생긴다. 어쨌든 애들이 잘 사는 세상을 만들고, 애를 위
해서라면 어떤 고난도 이겨낼 용기로 가슴이 뜨겁다.

시련 속에서 마음과 생각을 지키는 방법

아무것도 염려하지 말고
오직 모든 일에 간절한 기도로
당신이 염려하는 내용을 하나님께 말하십시오.
그러면 당신의 모든 것을 다 아시는 하나님의 평안이
그리스도 예수님의 크신 사랑 안에서
당신의 마음과 생각을 지키실 것입니다.

빌립보서 4장 6-7절

나와 두 살 터울인 여동생은 나보다도 더 언니 같다. 언제나 넘
치는 사랑으로 나를 감싸주고, 보살펴준 언니. 또한 엄마 같은 여
동생이다. 지금은 조용히 사랑을 전하는 목사며, 제부와 함께 기
독교계 대안학교를 운영하며 교감으로, 선생으로 일한다. 이 친구
는 세상의 불의함을 조금씩 걷어내어 이승을 천국으로 만들고 싶
어 한다. 우리 형제뿐 아니라 그녀 주변 사람들을 대하는 겸손한
사랑의 마음은 늘 감동을 준다. 남을 위해 좋은 일을 해도 티 하나
내지 않고, 왼손도 모르게 오른손은 늘 세상의 아픔을 어루만지
고 있던 그녀. 내겐 걸어 다니는 시였고, 은은하게 울고 웃는 은사
시나무였다. 그렇게 내 가슴 깊은 곳에서 해 질 녘 하늘처럼 환히
웃는 아우. 그 큰 품은 늘 하늘을 닮아 있었다. 주욱 살아오면서 그
사람이 내 동생이란 사실이 내게 축복이었음을 감사드린다. 남동

생이나 아버지 언니 온 식구가 다 축복의 선물이다. 언젠가 그녀는 삶의 시련과 자신의 꿈에 대한 생각을 멜로 보내왔다.

"시련으로 성숙해지고 타인에 대한 배려심도 생기고 영혼은 머물고 싶은 곳으로 가겠지… 언니. 우리 자신을 위하여 그늘을 만들기 보다는 세상에 피곤한 인생들이 우리 그늘에 와서 쉬어갈 수 있도록 그늘을 만들어주는 사람이 되자."

그렇다. 시련은 인간성숙의 비료다. 그녀는 죽음에 대한 끊임없는 명상과 신앙과 기도를 통해 예수님처럼 깊은 사랑의 실천을 통해 이승을 천국으로 만들어갈 수 있다고 믿는다. 이는 또한 시련 속에서 자신의 생각과 마음을 지켜가는 방법임을 나는 이제 안다.

태어나고 병들고 늙고 죽어가는 삶에 깊이 생각함으로써 진정 지혜로움과 자유를 얻으리라. 여기서 자신을 위한 사랑뿐 아니라, 타인에 대한 배려와 사랑을 잊지 말자는 여동생의 얘기. 참 고맙고, 나 스스로도 무던히 애써야 할 대목이다.

네가 준 것

네가 준 것은 너의 것이지만,

네가 움켜쥐고 있는 것은 이미 잃은 것이다

동양의 금언

　여자거나 남자거나 내게 매력 있는 사람은 우선 통이 크고 마음이 넓어야 한다. 그 마음엔 통풍이 잘 되어 볕과 바람이 잘 들고 구름도 비껴들 여유가 있었음 한다. 지나다가 연말 구세군 냄비에 돈을 넣을 줄 알고, 넉넉한 마음, 한 편의 시도 잘 젖어 드는 가슴. 눈물도 많고 정도 많아 내 곁에 있으면 늘 따뜻한 사람. 이런 사람은 무슨 얘기를 해도 이해가 빠를 테고 오해가 생겨도 싸움이 없을 테니 곁에 맘 놓고 있어도 좋을 게다. 그는 또한 줄 줄은 알지만 움켜쥘 줄은 모르는 사람이면 좋겠다. 그런 사람 없나 자주 눈 밝혀 찾는 줄은 아무도 모르겠지. 이제는 알겠지.

이기적인 사람보다 더 외로운 사람은 없다

예수님은 우리 모두에게 이렇게 말씀하십니다.

네 생명과 사명이 나에게 풍성한 열매를 맺게 하고 싶거든 내가
한 것처럼 하라. 자신을 기꺼이 어두운 땅속에 묻는 씨앗이 되라.

두려워하지 말라. 고통을 피하고 멀리하는 사람은 외톨이가 될
것이다.

이기적인 사람보다 더 외로운 사람은 없다.

네가 다른 사람을 사랑하는 마음에서 생명을 내어준다면 풍성한
수확을 얻게 될 것이다.

오스카르 아르눌포 로메로 대주교, 〈사랑의 폭력〉

외롭지 않으려고 그리워서 멜을 보냈더니 참 기분 좋은 답 메일
이 왔다.

물론 그 친구 글이 아닌 떠도는 아름다운 글이겠다.

"월요일 아침엔 전화를 해서 힘을 주세요. 한 주가 새롭게 열릴
테니까요…

화요일엔 사랑하는 사람을 만나주세요 더욱 반가워져요…

수요일엔 비가 온다면 장미꽃 한송이를 선물해주세요.

특별한 사람이라는걸 알게 될테니까요…

목요일엔 하루종일 생각하다 저녁에 전화해주세요. 그리움을

가득 담고서요.

　금요일엔 주말의 약속을 얘기하세요. 하루가 싱그러운 기대감으로 채워지도록…

　토요일엔 사랑하는 사람을 만나세요. 귀중한 주말을 소중히 여길 수 있도록…

　일요일엔 한 번 혼자 계셔 보세요. 서로가 얼마나 소중한 사람인지 느끼도록…"

　아, 따뜻하다. 또한 무척 그리운 얘기다. 이기적인 사람들은 도저히 생각할 수 없는 일이다. 사랑의 어떤 말이든 마음을 다해 전하기. 그러다보면 사랑의 향기에 취해 오늘도 달콤한 하루가 되겠지. 또한 무슨 일이든 잘 풀릴 거야.

남겨진 시간

지금 당장 삶과 작별해야만 하는 것처럼,

남겨진 시간이 기대하지 않은 선물인 것처럼 그렇게 살아라.

마르쿠스 아우렐리우스

"너를 만나 다행이야."라 할 때 "너를 만난 게 가장 큰 축복이었
어."란 답처럼 서로가 풍요로워졌으면⋯⋯.

인연이란 친밀감. 이는 상대방에 대한 성실함과 애정, 상대방에
대한 더없는 관심으로 빨랫줄보다 든든하게 이어지는 것. 그리하
여 만날 때마다 아름다운 인연의 시작인 것.

애달프고 외로운 밤이면

무너지고, 으깨지고, 모든 것이 그 뿌리째 흔들리고, 뽑히고, 부서
지고, 그 포장의 어디선가 북 찢기는 소리가 나며 가여운 운명들
이 무더기로 쏟겨져 들어가 버리고 비명만 길게 길게 솟아오른다.
다시 찢기고 무섭게 펄럭이고, 무섭게 출렁이고, 무섭게 타오르
고, 무섭게 누더기가 되고, 비명이 길게 솟아오르고, 튀겨진 공처
럼 운명이 하늘위로 던져지고

박상륭 〈열명길〉

하염없이 애달프고 외로운 밤이면 전화를 걸어 "아, 왜 이리 쓸
쓸하지." 하는 말을 던짐으로써 기분이 나아지고 편해지던 후배가
있었다. 어느 한 시절 의지하며 지냈는데, 소식이 다 끊어져버렸다.
어느 한 시절 이렇게 친하고 멀어진 사람들이 어디 한 둘인가. 그
것도 인간의 인연이고, 운명이라 어쩔 수가 없다. 예전처럼 머리 싸
매고 괴로워하고 아파하지 않는다. 그냥 흘러가다 보면 또 만나 친
해질 수도 있기 때문이다. 그리고 못 만나도 할 수 없는 일이다. 다
만 잘 되길 빌 뿐이다.
　책들도 그렇게 어느 한 시절 의지하며 지낸다. 내 서른살에는 박
상륭 소설을 발견하고 푹 빠져 지냈다. 그렇게 의지하는 동안 부쩍
더 깊어진 한국인이 된 나를 보았다. 위 열명길의 대목을 쓰다 보
니 세월호에 탄 우리 친구들과 사람들의 마지막 처지인 듯만 하여
눈시울이 뜨거워진다. 애닯고 처참한 슬픔이 스미는 밤.

내면의 가장 깊은 존재와 만나기 위해서는 홀로 있는 것이 필요
합니다

우조티카 사야도

고통 속에서 정신적 성숙의 의미를 찾아라
그러면 고통도 쓰라림도 사라질 것이다

톨스토이

황혼이 어둠에 물들 듯 언제든 서로의 마음이 따뜻이 스미는 관
계. 이것은 누구나 꿈꾸는 것. 그 꿈을 이루기 위해선 남다른 시간
과 정성이 필요하다.

그 정성의 향기는 숲 냄새와 흡사하다. 나무는 저마다 다른 나무
와 일정한 거리를 유지한다. 그건 고독의 거리다. 저마다의 그 고독
으로 숲은 평화롭고 안정감을 갖는다.

겨울이 오고, 또 다시 겨울이 가면 봄볕이 바람에 살랑살랑 날
리겠지. 그런 날. 눈물겨운 어느 날 잘 태어나는 일보다 잘 죽는 게
얼마나 중요한지 곰곰이 생각하겠지. 죽음에 대한 생각은 열렬히
삶을 살겠다는 뜻. 그리하여 자신의 삶을 더 아름답고 충실하게 보
내겠다는 각오를 다질 것이다.

가장 현명한 사람들

> 가장 현명한 사람들은 항상 가난한 사람들보다 더 간소하고 결핍
> 된 생활을 해왔다
>
> 헨리 데이빗 소로우 〈월든〉

간소한 삶. 나는 간소한 삶을 살고 있다. 하지만 옷장을 보면 그
렇지 못해 부끄럽다. 입지도 않으면서 추억이 배여있거나 좋아해서
버리지 못한 옷들이 수두룩하다. 수두룩하단 말이 국수처럼 툭툭
부러진다. 부끄러워서 부러진다.

그래서 소로우의 이 글귀를 너무나 좋아하는지도 모른다. 어느
날 옷장 속의 옷들을 하나씩 천 개의 바람에 날려보내면 소로우
의 문장들도 바람에 날아갈 것이다. 그때는 아무런 아쉬움도 없
으리라.

도스토옙스키 샤워기

사람의 마음이 귀중한 것을 찾아낼 줄만 안다면, 그야말로 고약
한 집안에서도 귀중한 추억을 뒤에 남길 수가 있는 것입니다

도스토옙스키

나에게는 남동생이 한 명 있다. 나보다 먼저 시를 쓴 동생은 중
학생 때부터 시를 써서 내게 보여주곤 했다. 문학예술에 깊이 심
취해 청소년기를 보낸 그 동생은 의대에 입학하였다. 동생이 의대
1학년 때 우리는 함께 문화센터 강사셨던 이승훈 시인께 시를 배
우러 다니기도 했다. 의대생들에게 동아리의식을 심어주고 싶다며
학회장이 되더니 노태우 정권 1주년 기념행사 때 데모주동자로 텔
레비전에 잡혀가는 장면이 나와 온 식구가 통곡하였다. IMF 타격
에다 몇 번의 죽음의 고비를 넘나들고 드라마틱한 일들로 식구들
은 애간장이 녹는듯했다.

문학예술을 사랑하고, 나보다 더 예술가 기질이 넘친 동생이 자
신의 재능을 잘 살리길 나는 늘 바랐다. 그리하여 내가 읽던 좋은
책들을 사서 7년 정도 소포로 보내기도 했다. 마침 좋은 여인과 결
혼해 안정된 생활을 하고부터는 안심하여 책 보내기 운동을 까마
득히 잊고 살았다. 그러다 작년 정신과 병원개업 후 다시 책 소포
를 띄우곤 한다. 동생병원 환자들을 위해, 다시 시 쓰고 싶다는 동
생을 위해.

동생의 불운은 십오 년이 계속되어 가족은 늘 가슴이 아팠고 염려를 했었다. 그런 동생이 첩첩산중의 고통에 헤맬 때 톨스토이를 만나 인생이 바뀌었고, 신앙심도 되찾았다. 책을 만나고 누군가를 만나 우리는 인생이 바뀐다. 이 인연의 신비로 인해 삶은 더욱 경이로운지도 모른다. 그래서 나도 이번 겨울이 오면 다시 톨스토이에 빠져볼 참이다. 그래도 내 영혼의 스승은 여전히 도스토옙스키다. 이분은 내게 지대한 영향을 뿌려주셨다. 마치 샤워기처럼. 스위치만 올리면 시원하게 쏟아지시는 도스토옙스키! 근심과 고뇌의 시인이자, 영혼과 신비의 해명자, 인간 근본문제의 탐구자 등 숱한 호칭이 따라다니는 도스토옙스키. 그는 사람의 심리를 파헤치고 우주의 심연을 열어 보인 지상 최고의 대문호다. 그분 말씀대로 오늘도 마음의 귀한 것을 부지런히 찾아보리라.

기묘한 인연

"배움에는 세 가지 요체가 있다.

혜(慧), 지혜롭지 않으면 굳센 것을 뚫지 못한다.

근(勤), 부지런하지 않으면 힘을 쌓을 수가 없다.

적(寂), 고요하지 않으면 온전히 정밀하게 하지 못한다."

위는 다산 정약용 선생이 초의선사에게 주신 말씀이다. 이들이 처음 마주할 때가 1809년으로 강진으로 유배 갔던 다산이 48세, 초의선사는 24세였다. 다산초당을 처음 찾았던 초의선사는 인품과 학식 그리고 차에 대한 식견까지 높았던 다산에게 푹 빠져들었다. 그래서 차의 제법까지 배우게 되었다.

"차 마시는 민족은 흥하고, 술 마시는 민족은 망한다"는 '음다흥국론'으로 유명한 다산의 말씀에 영향을 짙게 받았나보다. 아마도 초의선사의 조선 차문화의 경전이랄 수 있는 〈동다송〉도 그 영향일 것이다.

실학자로서 다산 정약용 선생의 차 생활은 다분히 실리적이고 합리적이고 시적 풍취가 진한 멋을 풍겼다. 다산은 초당 뜰 앞에 흙과 돌멩이로 만든 다조에 매일 차를 끓여 마셨다. 그는 옥고와 형벌로 망가진 아픈 몸을 달랬다. 그리고 시를 짓고, 연못을 만들고 기이한 모습의 괴석들을 쌓아 난을 기르고 잉어를 키우며, 꽃을 기르고, 약천을 팠다.

이러한 차 생활이, 꺼져 가는 조선조 말기에 우리나라의 차 문화를 다시 잇는 기회가 되었다니 얼마나 고마운지.

또한, 초의선사와 추사 김정희의 인연도 깊었다. 추사가 없었다면 초의도 그렇게 빛나지 않았을 거라 한다. 이렇게 한 사람은 또 다른 사람에게 영향을 깊게 드리우니 사람의 인연은 참으로 기묘하고 아름다운 것이다. 그리고 늘 함께 있어서든 떨어져 그리워하든 서로 이어져 있으니 죽음도 그리 슬픈 것만은 아닐 것이다. 불가에서는 그 인연도 잠시 갈 뿐 '나'도 없고, '내 것'도 없다, 고 한다. 그야말로 空의 세계다. 그래서 나는 불교를 철학으로 생각한다.

곧 잎사귀만한 불빛을 찾으리

인간은 다른 생명체들보다 훨씬 큰 자유를 누리고 있다.
주어진 땅에 더 큰 흠집을 내기도 하고, 강물을 막기도 하고, 평원
에 식물을 심기도 하고, 마음의 눈으로 하늘의 별들을 점선으로
이어 그림을 그리기도 한다.

애니 딜라드 〈돌에게 말하는 법 가르치기〉에서

얼마나 큰 자유를 누리는지 잘 보이지가 않는다. 오로지 내 앞의
삶이 캄캄해질 정도로 절망만이 느껴질 때가 많았으므로. 늘 고통
과 슬픔의 장막이 걷히지 않고 계속될 것만 같아서 하염없이 헤매
곤 하였다. 이런 헤매임이 꼭 길을 잃은 것은 아니다.
　어떤 몸짓이든 길을 찾기 위한 헤매임이니, 조금만 참고 기다리
면 그 속에서 잎사귀만한 불빛을 찾으리라.

눈이 쌓이면 쌓일수록

가을은 작별을 고하고 눈이 내리기 시작했다. 크고 하얀 눈송이
가 바닷가에, 또 들과 길 위에 밤낮으로 휘몰아쳤다. 가을걷이는
모두 끝났고, 곳간 문에는 감사의 기도가 올려진 후 커다란 자물
통이 채워졌다. 지붕에는 새로 이엉을 이었고 창에도 얇은 새 창
호지를 발랐다. 이제 사람들은 따뜻한 물을 끓이고 나막신을 만
들었다. 여자들은 실을 잣고 베를 짰으며, 아이들은 서당에 갔다.
그곳 훈장님도 농부였기에 겨울에만 아이들을 모아 글을 읽고 쓰
는 법을 가르쳤다. 저녁이 되면 근처 이웃방안에 앉아서 손을 놀
려 뭔가를 만드는 일거리들을 붙잡았다. 남자들은 새끼를 꼬고
돗자리를 짜고 그 집 농부들이 일거리를 들고 모여 함께 일하며
이야기를 나누기도 하고 한 사람씩 교대로 읽어주는 소설을 듣기
도 했다. ⋯눈이 쌓이면 쌓일수록, 또 밤이 적막하면 적막할수록,
책 읽는 목소리에 더욱 더 풍부한 감정이 실렸다
이미륵의 〈압록강은 흐른다〉에서

옛 기억을 되살려주는 〈압록강은 흐른다〉는 내가 무척 아끼는
책이다. 이 책은 아명이 미륵인 이의경 박사가 1946년 독일어로
발표한 자전적인 소설이다. 그 어디에서 살든, 한국인이라면 그 누
구라도 담백하고 섬세하고 군더더기 없이 쓰인 이 글에 감동을 받
으리라. 나이 들으니 더 울컥한다.

윗글을 보면 이제 박물관 모형전시관에서나 볼 수 있는 풍경이다. 담백하고 잔잔하다. 그 행간에서 우리말과 전통의 향기가 짙게 배여난다. 잊혀진 이야기들이 되살아난다. 아무리 세월이 흘러도 우리 마음의 고향이 될 풍경. 그 옛날 어디서든 볼 수 있던 풍경. 물론 그것은 내 어릴 때보다 훨씬 오래전 모습이다. 그런데도 기억 속에 많이 남아있어 얼마나 고마운지 모른다. 읽으면 읽을수록 얼마나 그립고 그리운 것이냐. 지금은 사라져간 매혹적인 우리 조국의 모습. 잠잠히 내가 누구이며, 나의 민족은 무엇이냐를 생각해본다.

이 책은 내 청소년 시절의 하나의 신화였던 전혜린을 통해 알게 되었다. 처음 읽게 된 그때의 느낌이란 참 신선하고 아름다워서 오래도록 내 정신의 따뜻한 토양이 되었다. 아련한 느낌으로 내 무의식 속에 스며들었던 생각이다.

만족과 불만족

군자는 어찌하여 늘 스스로 만족하며
소인은 어찌하여 언제나 부족한가.
부족해도 만족하면 늘 남음이 있고
족한데도 부족하다 하면 언제나 부족하네.
여유로움 즐긴다면 족하지 않음 없지만
부족함을 근심하니 언제나 만족할까
때에 맞게 순리 따르면 또 무엇을 근심하리.

정민 엮음 〈책읽는 소리〉

자주 다니는 도서관을 정자로 알고, 동네 나무가 있는 곳은 다 내 집 정원으로 여긴다. 자판기 커피를 빼 들고 정원을 거닐었다. 배롱나무에 핀 분홍색 보라색 꽃빛이 말할 수 없이 아름다워, 이렇게 바라봐주면 되니 얼마나 편한지. 위 송익필(1574~1599)의 〈만족과 불만〉을 읊자니 아주 가까이서 까치가 운다. "부족함과 족함은 다 내게 달려있다"는 시를 마저 읊는다. 너무 더워 까치도 사람 소리를 내는 듯만 하다.

불볕더위가 힘들지만, 환경이 파괴될까 집에선 에어컨도 안 켜고 지낸다. 나 같은 생각으로 더위를 이기는 분이 많아 얼마나 다행인지... 이 여름이 지나면 우리 모두 인내심이 자라고 부쩍 강해진 마음 바위에 흡족하여 달큰한 미소를 지으리라.

인생찬가

슬픈 노래로 내게 말하지 말라.

인생은 단지 덧없는 꿈이라고!

인생은 환상이 아니다. 진지한 것이다

무덤이 마지막 목적지는 아니다

"너는 흙이니 흙으로 돌아가라."

이 말은 영혼에 대해 한 말은 아니다.

우리가 가야 할 곳, 또한 가는 길은

향락도 아니요 슬픔도 아니다.

저마다 내일이 오늘보다 낫도록

행동하는 그것이 목적이요, 길이다.

예술은 길고 세월은 빨리 간다.

(……)

우리 모두 일어나 어떤 일이든 하자

어떤 운명인들 이겨낼 용기를 가지고,

언제나 성장하고 언제나 추구하면서

일하며 기다림을 배우지 않으려나.

롱펠로우 〈인생찬가〉

젊은 사람들을 위해 썼다는 롱펠로우의 〈인생찬가〉. 이 시를 읽으며 지구에 공존하는 모든 살아 있는 것들에게 절대 긍정과 축복을 하며 뜨겁게 감싸 안고 싶어졌다.

내 인생의 깊디깊은 우물로부터 아주 따사로운 바람이 불어오고 있다. 죽음에 대한 생각을 넘어 아주 부드럽고 포근한 봄바람이 불어온다.

혼자 기다리고 있자면

하루종일 집안에서 전화를 기다려야 한다는 건 정말 질색이에요.
혼자만 있으면 말예요. 몸뚱이가 조금씩 조금씩 썩어들어가는 기
분이에요. 점점 썩고 녹아서 마지막엔 초록빛의 걸쭉한 액체만으
로 돼가지고 땅밑으로 빨려들어가요. 그래서 나중엔 옷만 남아
요. 하루종일 혼자 기다리고 있자면

무라카미 하루키 〈상실의 시대〉

　기다리는 시간은 버려지는 시간이다, 이런 독백이 흘렀던 드라마
가 기억난다. 드라마 이름은 정확하지 않아 말할 수가 없다. 그렇게
누구나 한번 이상은 마음이 썩는 기분이 될 만치 기다려 봤을 것이
다. 그 느낌을 참 잘 묘사하는 하루키 아저씨. 이제는 동네 이웃아
저씨 같은 기분이 들 정도로 익숙해졌다. 그의 글도 친밀해서 인절
미 같은 맛이 난다. 찹쌀, 멥쌀, 쑥을 버무려 만든 쑥 인절미. 인절
미란 말을 세 번 반복하자 갑자기 군침이 돈다. 하루키 글도 그렇게
군침이 돌게 하고, 잔잔히 매력 있고 기품 있게 살고 싶게 한다. 참
성실하고 믿음직한 작가라고 고개를 끄덕여 본다.

저 혼자 견디며 성숙해지다

고독한 생활 속에서 그들은 자신들의 마음속을 헤아려 보는 방법을 배웠다. 마음속에 일어나는 욕망이 점점 더 줄어들었다……. 그들은 집착을 버리고 초연해지는 것을 배웠다. 이룰 수 없는 희망 같은 것은 품지 않고 살았다. 그들은 겸허한 농부들 속에서 하느님을 사랑했다.

크리스토프 바타이유의 〈다다를 수 없는 나라〉에서

혼자 있는 시간은 참 느리게 지나간다. 이 느린 시간이 따분하고 힘들 때도 많지만, 많은 것을 할 수 있고, 얻을 수 있음을 알기에 전보다 잘 견딘다.

조금 싸늘해진 바람에 피어 가는 꽃과 풀 향기, 나무 향기가 흘러온다. 저마다 혼자 잘 견디며 성숙해져 가는 향기다. 저마다 혼자 견디며 피고 지는 세월. 하나, 둘 기쁜 일들을 세어 본다.

헤어진 사람을 다시 만나고 싶거들랑

한번 간 사랑은 그것으로 완성된 것이다. 애틋함이나 그리움은 저
세상에 가는 날까지 가슴에 묻어두어야 한다. 헤어진 사람을 다
시 만나고 싶거들랑 자기 혼자만의 풍경속으로 가라. 그 풍경속
에 그려져 있는 그 사람의 그림자와 홀로 만나라.
진실로 그 과거로 돌아가기 위해서는 자신은 그 풍경속의 가장 쓸
쓸한 곳에 가 있을 필요가 있다

윤후명 〈협궤 열차〉에서

한번 간 사랑이 완성된 거라는 말씀. 100%는 아니래도 90% 이
상은 맞다. 그래서 윗글은 현재성을 띤 금언이다. 윤후명 소설가는
한국대표소설가 중의 한 분으로 역시 시인 출신이라 소설 읽는 내
내 시적인 문장으로 빛난다. 시대를 뛰어넘는 명구들이 많아서 젊
은 날 내 노트에 빼곡히 베껴 놓았었다. 그렇게 새겨놓은 글 중에
는 "인생은 확고하지 않으면 안 된다"가 이름표처럼 가슴에 달려있
다. 맞다. 자기 생의 가치, 목표 또한 확고하지 않으면 안된다. 확고
하지 않으면 청춘도 쉽사리 바람에 후욱~ 날아가 버리고, 후회가
데인 자국처럼 진하게 남는다.

아름다운 삶을 빚는 도공

백자를 굽는 일이 마음을 빚는 일과 같다면, 우리 자신도 저마다의 삶을 빚는 도공들이 아닐까요? 마음을 어떻게 빚어야 삶의 백지를 빚는 도공이 될 수 있을까 생각하다보면, 우리 자신의 마음속에 백자의 백색같은 고요와 숲 속같은 침묵이 배어 있어야 되지 않을까 하는 생각이 듭니다. 온갖 정보들이 화려한 색채처럼 난무하고, 갖은 소음들이 뒤섞이는 세상 속에서 마음을 잘 빚기 위해서라도 꼭 필요한 것이 고요와 침묵이 아닐까 싶습니다. 사람은 고독할 때 가장 강하고 순수해진다는 데 공감합니다.

천양희 시인 산문집 〈직소포에 들다〉

집에 돌아가는 길은 언제나 혼자라서 심심하다. 어느 순간 혼자라는 건 해 저물 때처럼 가슴이 아리는 정도가 아니라 참기 힘든 그 무엇이다. 그러나 집에 돌아와 음악을 틀어놓고 일에 빠지면 시간은 술렁술렁 잘도 간다.

천양희 시인의, 우리 자신도 저마다의 삶을 빚는 도공이란 말이 참 마음에 든다. 이 시는 세상의 혼란스러움을 뒤로 한 채 아름다운 삶을 빚는 정직한 시인의 혼의 숨결로 빛난다.

살려는 놀라운 힘

살아남고자 하는 놀라운 힘은
때로는 의학적인 설명이 불가능한 생명의 신비다.
생에 대한 강한 의욕은 아기에게서도 발견된다.
인턴시절 함께 회진을 하던 교수님 한 분이 아기의 볼을
어루만지다 아기에게 손가락이 물렸는데 아기의 빠는 힘이
얼마나 강했는지 아기침대 한쪽이 그대로
들어올려지는 것을 목격했다.

레이첼 나오미 레멘의 《그대 만난 뒤 삶에 눈떴네》 중에서

애를 키워본 부모나 조카들을 보살핀 친구들은 알 것이다. 아기
의 힘이 얼마나 센지. 내 손가락을 잡고 놔주지 않던 어떤 아가가
기억난다. 가끔 그 힘을 떠올리며 힘을 낼 때도 있다. 어디 그 아
가뿐일까?
파랑과 빨강색이 어우러진 옷. 스파이더맨표 옷을 입은 아기 본
적이 있으세요? 난 있어요. 지금 스파이더맨표 옷을 입은 내 조카
가 고모표 옷을 입은 어른을 들어 올리는군요. 이렇게 말하면서.
"고모, 어른들을 믿을 수가 없어요. 우리가 세상을 바꾸고 싶어
요."

냄새와 맛은 오랫동안 영혼처럼 남는다

사람들이 죽고, 사물이 파괴되고, 옛 것은 아무 것도 남아있지 않을 때에, 연약하기는 하지만 강인하고, 무형이지만 더욱 집요하고 충일한 것, 냄새와 맛만이 오랫동안 영혼처럼 남아 있어서 다른 모든 것이 폐허가 된 그 위에서 회상하고, 기다리며, 기대하는 것이다.

푸르스트 〈잃어버린 시간을 찾아서〉

냄새와 맛 때문에 기억은 더 강해진다. 내가 보고 느낀 것 속에서 냄새와 맛이 어우러진 게 많다. 그중에 내가 본 들판과 바람과 노을과 기차 소리에 엄마가 끓여준 팥죽 맛이 있다. 매년 한 번은 지독하게 아프곤 했는데, 병이 나을 즈음에 엄마가 만들어준 깊은 자줏빛 팥죽을 먹곤 했다. 다 먹은 후 창밖으로 바라본 철로변 풍경과 노을은 지금도 세상에서 가장 힘차고, 아름다운 풍경으로 남아 있다.

사랑의 빛을 품은 사과 한 알

> "사과는 인간에게 자기 안에서 고향을 찾고 이 세상이 아늑한 집
> 이 되도록 형상화하고 싶어 한다는 것을 깨닫게 해준다"
>
> 야스민 미하엘 라이트 『나무의 힘』

꿈같이 하염없는 세월이 느껴져 신비스러운 자리. 사과밭. 그곳
을 가면 내가 끌고 사는 물건들이 천 개의 바람 속으로 날아가 버
린다. 그저 아무것 없이도 풍요로울 수 있음에 놀란다. 거기에 사
랑의 향기까지 온몸으로 스며든다. 어쩌면 생은 적게 가지고 살수
록 가뿐한데, 왜 그렇게 많이 끌고 다니나. 그러면서 여전히 못 버
리는 미련과 어리석음이 슬프다.

나는 사과밭을 시원의 향기를 간직한 지구의 상징으로 바라보았
다. 나의 어머니가 살다 간 땅이며, 내가 살다 갈 땅이고, 내 딸이 살
땅으로…그곳에서 사진 찍은 지 10년이 되었다. 〈사과밭 사진관〉
전을 치렀고, 그 책이 남아 대표작가로 국제전에 참여한 기쁨도 있
었다. 또 이번 여름에 또 사과를 찾아다니며 찍은 작업을 담갤러리
에서 전시를 한다.

그리스·로마 시대와 고대 이집트에서도 사과가 재배되었고, 지금
껏 전 세계인들은 일상생활에서 매일 사과를 먹는다. 케이비에스
이장종 피디님이 진행하던 나무다큐멘타리 출연자로 나는 사과나
무편을 맡아 딸과 함께 출연했었다. 그런데 태어나 처음 보는 사과

나무에 주렁주렁 달린 빨간 사과들을 보고 그만 황홀감에 빠져버렸다. 이후 사과 작업을 한 지 10년이 된다. 사과 작업을 할 때 애플 핸드폰의 스티브 잡스 선생님을 전혀 생각지 못하고 했는데, 다음의 농담들로 웃고 말았다. 아담과 이브의 사과, 뉴턴의 사과, 잡스의 사과, 신현림 사과까지 끼워 넣은 분 땜에 미소 지었다. 사과가 질리지가 않는 건 사과가 물이기 때문이 아닐까 싶다. 나는 물이 가득한 사과를 생존 욕구와 사랑의 욕망을 부르는 생명과 사랑의 상징으로도 보았다.

세상의 모든 생명 있는 것들은 서로 이어져 있고, 대를 이어 살아간다. 집식구도 좋고 애인이라도 있으면 사과밭에서 두세 시간 쉬다 오고 싶은 바람이 있었다. 그런데 바램일 뿐인 게 늘 아쉽고 슬프다. 그래도 작업 도와주는 후배들과는 사과밭 추억을 공유하고 있다. 올해도, 사과꽃이 필 때 누드모델을 서 준 적 있는 고마운 후배 모란이와 함께 사과밭에 갔었다. 함께 간 사과밭을 떠올리면 하얀 백설기처럼 따스하고 아름답다. 사랑의 빛을 품은 사과밭을 향해 오늘도 감사드린다.

영혼의 시간

> 종교적 진실의 의미는 희망이다. 예술의 목적은 인간이 자신의 죽음에 대하여 의연하게 준비하게 하고, 인간의 죽음을 자신의 가장 깊숙한 내면에서 만나게 해주는 데 있다.
>
> 타르코프스키

타르코프스키 영화를 보았는가. 스팩타클한 영화들을 좋아하는 이들은 따분하다 말할지 모른다. 심지어 코를 골며 조는 분도 많을 것이다. 그럼에도 그의 영화는 숭엄할 정도로 깊고 아름답다. 시적이라 본질과 정수를 뽑아낸다. '영화의 성자(聖子)'라 불리는 안드레이 타르코프스키는 진정 위대한 감독이다.

영화의 스토리는 기억 속에서 희미하다. 하지만 그의 롱테이크 기법이 빚은 화면은 일상과 전혀 다른 속도감 속에서 빛나는 영혼의 시간을 느낄 수 있다. 러시아 문학가들이 그렇듯이 내면의 깊은 우물에서 길어올린 시적 향기로 푹 절어있다. 그 향기에는 우리가 되찾아야 할 세계가 있다. 죄의식과 생명의 존엄성, 진지한 인간미. 현대 미술의 게리 힐, 빌비올라도 타르코프스키 영향을 받았다는 기분이 든다. 어디 그들뿐일까. 그 후예들은 셀 수 없이 많다.

믿음의 축복

믿음의 축복은 매일 죽을 지경의 고통이 있다 할지라도, 미소 지으며 삶을 관조할 수 있는 데에 있다. 이런 믿음은 생명의 원천에 뿌리를 내리고 있기 때문에 그 열락은 행복감을 안겨주는 것이다.

요셉빌

내 믿음이 굳건해져서 달라진 것이 있다면 불안과 괴로움, 흔들림, 초조함이 훨씬 가뿐해졌다는 것이다. 비로소 마음의 중심이 생겼다 할까. 거친 바람이 불어도, 비바람이 불거나 먹구름이 몰려와 튕겨져나가도 다시 마음은 평정을 찾게 되더라.

기도는 상처 치유의 소중한 과정

기도와 특별한 의식은 슬픔을 통과해가는 여정에서 상처 치유의
중요한 과정일 수 있습니다.
출생이나 결혼, 어버이가 되는 것, 어떤 직책에 임명되는 것 등을
기념하고 축하하는 것처럼 사랑하는 사람의 죽음을 대면할 때에
도 그 사람을 우리에게 그토록 특별한 존재로 만들어주었던 기억
들을 모아 기념하지 못할 이유가 있을까요?

모린 오브라이언, 〈슬픔을 통해 드리는 기도〉

깜빡깜빡 기도하기를 잊을 때가 있다. 그때는 영락없이 슬픔에
빠질 때다. 게으름 피우거나 두려워하고 가슴 아파할 때다. 내가 얼
빠져 있을 때다. 그렇게 슬프거나 두려워하고 가슴 아플 때 기도하
면 훨씬 나을 수 있는 것을. 수없이 많은 시간을 아파하며 허술하
게 보낸 청소년기를 아파한다. 이제는 기도하는 시간을 더 많이 가
지려고 마음을 거울처럼 잠잠히 놓아두곤 한다.

신적인 친밀감

우리가 모든 사람들을 형제 자매로 볼 수 있도록 우리 눈을 뜨게
해주며, 온 인류, 특히 고통당하는 사람들과의 유대감 속에서 일
할 수 있도록 우리 손을 자유로이 풀어주는 것이다. 조건 없는 사
랑으로 우리를 사랑해주시는 그분의 마음에 가까이 다가가면 갈
수록, 우리는 구원받은 인간의 유대감 속에서 서로에게 좀 더 가
까이 다가서게 된다

헨리 나우웬 〈라이프 싸인〉

새해의 길목에서 내 핸드폰에 축복을 기원하는 문자 메시지가
왔다.

"올해도 건강하시고 좋은 작품 보여주세요. 사랑합니다."

"건강! 아름다운 시간!"

"만나면 참 즐겁고 힘이 되는 사람, 파이팅이에요!"

사람마다 전하는 표현들은 다르나, '사랑합니다.', '복 많이 받으
세요.'란 뜻을 담은 착한 마음이다. 따뜻하고 착한 마음만큼 사람
을 울리는 게 없고, 사람을 살고 싶게 하는 에너지도 드물다. 그 친
밀감과 함께하면 굳이 토마토를 먹지 않아도 머리가 좋아지고, 치
매에 걸릴 위험은 없다. 그 조건 없는 사랑에는 신의 숨결이 깃들
어 있다. 오직 조건 없는 사랑에만 말이다. 그만큼 순수함에 깃드
는 고결한 사랑은 가장 신적이기도 하다.

이 시간에 나를 생각하고 기원하는 따뜻한 마음들. 나도 그들을 향해 복을 기원해본다. 이불 속에 있을 때처럼 편안하고 따사롭다. 사랑을 받는 듯한 달콤한 느낌. 아, 포근하다.

확고한 마음으로 봉사하고 베풀라

결과가 성공적이지 못하고, 또 우리가 한 일로 칭찬받지 못한다
면, 우리는 봉사를 계속할 수 있는 힘과 열의를 잃을 수 있다. 슬
프고 가난하고 아프고 불행한 사람들을 도우려고 많은 시도를 하
지만, 여전히 그들은 슬프고 가난하고 아프고 불행하다. 우리는
포기가 유일한 방법이라 스스로 설득하지만, 사실은 냉소와 우울
로부터 자신을 건져내려는 것이다. 확고한 마음으로 봉사를 하
라, 가난과 기아와 질병과 다른 어려움을 이겨내고자 끊임없이 노
력하며, 상처받은 이 세상 한 가운데에 자비로운 하느님의 현존
을 드러내라.

도날드 맥닐, 더글라스 모리슨, 헨리 나웬

하루하루가 고달프고, 이뤄지지 않는 꿈으로 흔들리며 늘 불만
에 가득 차서 사는데, 남에게 봉사와 자비라니! 라고 말하는 사람
들이 있으리라. 내 코가 석 자라고 하지만, 힘든 가운데 남에게 기
꺼이 봉사하고 자비를 베푸는 사람들이 곳곳에 있다. 나 자신도
늘 그런 삶을 살고자 하지만, 늘 부족하다. 이런 봉사는 사회의 변
혁을 꿈꾸는 일이기도 하지만, 살아서 남에게 줄 최소한의 사랑이
다. 그리고 나에게는 그런 봉사나 베푸는 마음을 통해 신을 만나
리라는 설렘이 있다.

어머니, 어젯밤 꿈에 38선을 죄다 끊어놨어요
외갓집 가는 길이 실크 스카프처럼 스무스해졌어요

딸아, 죽는 날만 기다린다 심봉사처럼 왼쪽 눈도 잘 안보이는구나
딸아, 바람같은 혼이 있긴 있나 보다 명절 때면 꿈에 네 외할아버
지가 허허벌판에 흰 옷을 입고 계셨단다.
아버지 웬일이세요? 했더니 하도 배고파 밥과 국 한그릇씩 얻어
놨는데 뜨거워서 못들겠구나 하시며 싸늘한 입김처럼 사라지시
더구나

어머니는 이십년째 외할아버지 제사를 지내신다
소쿠리 같은 어머니 가슴을 만지면
압록강과 용천 평야가 일렁인다
청수를 올리고 기도 드리시면
이북 외할머니의 맑은 다듬잇소리가
아프게 메아리쳐온다

내 어머니, 김정숙은 평북 선천군 선천면 일신동 국수고개 아랫
마을에 사셨다
천도교 신자셨던 외조부모님 존함은 김영상, 정후옥이시다

어머니의 송모, 학모, 정열, 월순 형제를 찾는다
기다림의 봉화불로 밝히는
아, 통일이 올 그날에,

신현림 〈세기말 블루스〉

엄마의 가족을 찾아드리고 싶어 썼던 시다. 이산가족 찾기 때마다 신청해보았으나, 전혀 생존확인이 안 되었다. 아버지께서 연변을 통해 외가식구의 생존을 알아보려다 600만 원만 사기당하셨다. 당시 이북에는 천도교 신자들이 많았고, 신자들은 거의 독립운동을 하였다. 천도교 신자셨던 나의 외조부님은 광복 1년 전 일본군에 끌려가 극심하게 고문당하고 그 후유증으로 비참하게 앓다 돌아가셨다. 엄마는 그 상처가 깊었고, 생존확인도 안 되는 외할머니와 이북 동생들을 늘 그리워하며 우시곤 하셨다. 결국, 한도 못 푸시고 이북가족을 도우라는 유언을 남기시고 소천하셨다. 우리 가족은 통일을 손꼽아 기다리지만, 그날이 언제일지. 첩첩산중이다. 그래도 좋은 날이 올 거라 믿으며 산다.
열어놓은 창에서 허브 냄새가 꽃 바람에 실려온다. 꿈꾸던 일들이 현실로 밀려올 것이다. 생각만 해도 가슴이 설렌다.

노래와 시로 아픈 상처를 씻던 한국인

시계란 마음에 맞는 선비들이 날을 정해 풍치 좋은 곳에 모여서 시를 지으며 노는 모임이다. 멋들어진 경치를 보면서 그날의 운을 띄우고, 저마다 눈을 지그시 감고 혹은 술이라도 한잔씩 걸치며 시상을 가다듬는다. 물론 시간제한이 있었는데 그것을 알리는 시 한장치도 풍류가 넘친다 … 유명한 시계들도 많았다 … 정약용은 벗들과 죽란시사라는 계모임을 가졌다. 이들은 일년에 네 번 계절마다 모이는데, 그때마다 풍치가 훌륭한 곳에 모여서 자연의 소리를 벗 삼아 시를 짓고, 서로의 시를 감상하였다.

시라는 것은 노래의 연장선상에 있는 것이기에, 수천년부터 노래를 좋아했던 한국인이 유난히 좋아하는 문학장르일지도 모른다 … 지난 수세기동안 한국인은 수많은 외침과 격변의 역사를 통해 마음의 여유를 가질 상황이 아니었다. 그러나 노래를 좋아하고 풍류를 즐기는 한국인의 성정은 몰래 솟아나는 샘물처럼 맑은 서정을 가슴속에 퍼올려 아픈 상처를 씻어낸 것이다. 시계는 이런 한국인의 모습이 가장 낭만적으로 드러난 문화이다.

김경훈 〈뜻밖의 한국사〉

시를 만나면 인생의 근원으로 돌아가게 된다. 시에 물든 마음은 인생과 죽음에 대해, 그 무엇보다 사랑에 대해 깊은 고뇌에 빠진다. 나도 시를 사랑하면서 시를 읊고 시에 미쳐 지낸 세월 속에서 내 아픈 상처와 상실감을 씻어냈다. 그렇게 시에 미쳐서 쓴 첫 시집 〈지루한 세상에 불타는 구두를 던져라〉가 있다. 첫 시집 제목이기도 한데, 제목이 하도 길어서 나의 어머니는 "불타는 세상에 지루한 구두를 던져라."라고 말씀하셔서 웃던 추억도 어른거린다.

그리고 나는 엄마 돌아가셨을 때 반년은 마음이 아파 매일 울었고, 1년간은 죽도록 마음이 아팠다. 어떡하나. 세월호에 자식과 형제자매를 잃은 가족도 죽을 듯이 아플 텐데, 걱정이고, 그저 장례식장의 엄청난 추모행렬만 봐도 눈물이 쏟아진다.

사라진 사람들 모습 하나둘 떠오르기도 하고 엄마가 그리워 속울음을 울기도 했다. 그러고 보니 엄마 돌아가신 후 5년 정도는 힘들어서 참 많은 애도시를 썼다. 넷째 시집 〈침대를 타고 달렸어〉에 고스란히 담겨있다. 그나저나 돌아보니 나는 왜 그렇게 애도시를 많이 썼던가. 천 개의 바람으로 흩어져간 사람들이 아깝고 애달파서였으리라. 언젠가는 내 사랑하는 사람들과 나의 모습 또한 똑같을 것이다.

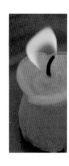

4부

나의 치료 시편들

사랑은 죽음과 하나

그래도 지겹게 믿고 희망하는 것은 무얼까요
〈사랑은 죽음과 하나〉를 씁니다
사랑하는 사람들과 함께 살아있을 때 비로소
나도 존재합니다 그것은 빨간 바위에서
뛰어내리고 싶은 깊고 맹목적인 충동이겠죠
내가 너의 뺨을 만지면 나를 살게 하는 힘
서로를 잃지 않으려고 깨어 있게 하는 힘
그래, 잃는다는 것은 죽음만큼 견디기 힘든 것
삶은 지겹고 홀로 괴롭고 잃는다는 것을 견디는 일
못 견디는 자, 진흙과 흰꽃을 먹으며 바다로 걸어가고
남은 자는
그가 남긴 가장 정겹고 슬픈 그림자를 안고
한없이 무너지는 바닷가를 배회하며 흘러갑니다
불타는 구두가 싸늘한 눈보라가 되도록

사랑하고 기억하고 슬퍼한다

카자흐스탄에서 나는 무덤에 홀렸었다
알마티 외곽 공동묘지부터 우스토베 가는 그 먼 길
들판 곳곳에 묻힌 고려인들 무덤에

우스토베에 버려진 고려인 무덤은 웅덩이처럼 파여
기이하도록 황량한 석탄 빛깔이었다
그 빛깔은 어제, 오늘, 내일이 뒤섞인 색
한과 그리움의 색, 망각의 색이었다
집도, 나무도 없고 드문드문 잡풀만 흐느끼고
무덤 위로 거칠게 부는 바람은 검은 종이였다

문득 알마티 묘지에서 본 묘비명이 기억났다
"사랑하고 기억하고 슬퍼한다"
누군지도 모르면서 종이 바람 위에 썼다
누군지도 모르면서 검은 바람 위에 썼다
사랑하고 기억하고 슬퍼한다고

침대를 타고 달렸어

누구나 꿈속에서 살다 가는 게 아닐까
누구나 자기 꿈속에서 앓다 가는 거
거미가 거미줄을 치듯
누에가 고치를 잣듯
포기 못할 꿈으로 아름다움을 얻는 거

슬프고, 아프지 않고
우리가 어찌 살았다 할 수 있을까
우리가 어찌 회오리 같은 인생을 알며
어찌 사랑의 비단을 얻고 사라질까

엄마를 입관시킬 때 난 죄수처럼 고개를 떨궜지
엄마를 탈관시켜 땅에 묻을 때 나도 곁에 눕고 싶었어
땅을 굳힐 석회 가루가 흰나비 떼가 되도록
나비 떼가 하얗게 엄마 몸을 덮도록 울었어
비탄의 흙바람 속에서 사무치게 아버지가 울고

헤어지지 않는 부부의 정은
저토록 무섭고 아름다운 흐느낌인 줄 이제 알았고
결혼식은 못 가도 장례식은 가야 사람인 줄 이제 알았어
나의 형제는 엄마께 띄우는 이별 편지를 읊고

하늘이 무너졌는데 화 안 나? 화 안 나? 화 안 나느냐 물으며
후배는 아빠 죽고 화가 나 꿈에서 차를 부수고 다녔다지
나는 히스테리컬한 머리칼 날리며 침대 타고 달렸다

인생은 애처로운 신음 소리만 흘리다가 꺼져 버리는 일
인생은 핑그르르 팽이 돌듯
눈이 돌아가는 괴로운 시간을 견디는 일

몸이 뭘까 몸의 있음과 없음이 뭘까
만지고 부비고 바라보고 싶은 그리움은 어떻게 견딜까

인생은 플래시 터지듯 잠시 번쩍이는 것인데
살아도 살아도 그리운 골짜기는 깊고 넓어만 간다
정든 엄마, 정든 사람 못 보는 슬픔은 터져 비가 내린다
달리는 침대에 바람이 불고 먼지가 쌓인다
침대에 슬픔 가득 싣고 무덤을 향해 나는 운다

침대를 타면

침대를 타고 나는 달렸어 밤 도시를 돌고 돌았지
팽이가 돌듯 머리 돌 일로 꽉 찬
슬픈 인생을 돌았어

내가 태어나 사랑하고 죽어 갈 이 침대
다 잃고 다 떠나도
단 하나 내 것처럼 남을 침대
결국 관짝이 될 침대

몸의 일부인 침대를 타고 달리면
물고기와 흰나비 떼들이 날고
슬픔까지 눈보라같이 날아

내일은 좋은 일만 생길 것 같고
세상 끝까지 갈 힘을 얻지
몸은 꽃잎으로 가득한 유리병같이
투명하게 맑아져 다시 태어나는 나를 봐

내 혀의 타올로

당신의 눈은 얼굴은
슬픔의 피빠는 노을
눈보라치는 정거장이야
당신을 삶는 상처의 휘발유
내 혀의 타올로 닦아줄게
나도 함께 흐느낄게

죽음은 양파껍질 같아서

죽음은 끝이 아닐 거네
죽음은 양파껍질 같아서
몸의 죽음만 벗겨내는 거네
몸만 떠나는 거네
누구는 저승으로 이사가는 거라 하고
누구는 여행가는 거라 하네

눈물을 남기고 떠나는 거지
지구도 한 방울의 눈물이듯
무덤이란 눈물
자식이란 눈물
몸은 다 쓰고
이 세상에 가장 사무치고
이쁜 눈물을 남기는 거네

너무 슬퍼하지들 말게
죽음은 양파껍질 같으니

엄마의 유언, 너도 사랑을 누려라

"딸아, 너도 사랑을 누려라."

엄마가 쓰러지기 전에 하신 이 말씀이 유언이 될 줄 몰랐다
누구든 언제 사라질지 모르니 사랑을 누려라
일만 하지 말고, 열애의 심장을 가져라
누구나 마음속엔 심리 치료사가 있단다
심리 치료사가 바로 사랑이다
많은 것을 낫게 하고 견디게 하고
흩날리고 사라지는 삶을 위로하고 치료한다

"딸아, 너도 사랑을 누려라."
사랑 안에서 고양이 같은 민감한 지혜를 배우고
타인을 위해 나 자신 내려놓는 법을 익히고 즐거워하라
웃음 샴페인을 터뜨리고 인생 신비의 동굴을 찾고
눈, 비, 빛과 바람... 셀 수 없이 많은 축복을 누려라
살아 있는 최고의 희열감에 젖고, 그 느낌을 메모하렴
메모라도 안 하면 그날은 없다 아무것도 없다

인생의 회전목마는

성공과 명성의 기둥을 도는 듯하지만 수천만 원 지폐나
명품이 아니라 만지고 보여진 즐거움만이 아니라
사람은 사랑으로 강해지고 사랑의 능력 속에서 커 간다
혼자 살 수 없는 우리는 사랑으로 특별한 사람이 된다

바다가 배를 만나 너울거리듯
사내와 여인이 만나 아이를 낳고
폐허를 다시 세워 사람을 부르고
마음이 마음에게 전하는
영혼이 영혼에게 전하는
따뜻한 배려의 말로 힘겨운 나날을 견디는 인생
함께 있는 장소를 가장 아름다운 장소로 만들고
함께 있어 가장 평온한 들판이 되어 주어라
이 세상에 당연한 건 하나도 없고
같은 순간은 다시 돌아오지 않는단다
다시 못 만날 때를 생각하며 사랑해라
영영 다시 못 만날 때가 오니 깊이 사랑해라

"딸아, 너도 사랑을 누려라."

5부

친구들에게 묻다

새해 초부터 계속 아팠다. 감기몸살로 시작되어 잘 낫질 않아 고민이 되었다.

어느 날 병원에 누워 링거를 맞으면서 창밖을 보니 죽음에 대한 두서없는 생각들이 구름처럼 흘러다녔다. 그날 나는 죽음에 대한 생각을 거듭하면서 나의 카페 〈신사모〉의 친구들에게 물었다.

더 열심히 착하게 살고, 피차 사랑하라는 의미로 생각하셨으면 합니다.

죽음에 대한 생각으로 인생을 깊이 생각할 기회가 되면 좋겠어요.

모두 나름대로 깊은 사념 속에서 건져 올린 귀한 말씀이다.

잔잔한 감동의 글을 함께 나눠 보고 싶다.

카페 〈신사모〉*의 친구들에게 물었다. 자신의 묘비명을 짓는다면…….
죽음에 대해 어떤 생각을 갖고 있으며, 먼저 떠난 이에게 하고 싶은 말이 있다면…….

머루　　　　　죽음은 깊은 잠. 비문엔 사랑했었노라고 적었으면 합니다.

나무　　　　　모든 기억을 버리는 날.

새아리　　　　죽음은 촛불과 같다. 주어진 길이만큼 산 후에, 영혼처럼 긴 연기를 내며 사라지는 것.

풀잎낭자　　　나 자신도 나 혼자만으로 이루어진 존재가 아니고 나를 사랑하는 내 주변 모든 사람들로 이루어진 존재이며 나를 사랑하는 사람들을 위해서라도 살아가야 하는 거.

석란　　　　　연세 많으신 엄마의 뒷수발을 했어요. 그와 함께 내가 산 나날도…… 그래서 열심히 살아야겠구나 했는데 약속을 지키지 못한 나날입니다.

마운틴걸　　　한 가지쯤은 잘한 것이 있을 텐데, 왜 잘못한 것만 생각나는지…… 엄마~ 보고 싶어요.

나그네　　　　좋은 글을 노잣글로 갖고 가면 죽어서도 심심하지는 않겠죠.

땅바닥　　죽는 것보다 죽음에 대한 공포가 날 떨게 해요.

"아버지, 어쩔 때는 넘 보고파서 내 나이 오십인데도 눈물이 나."

씨크릿가든　　죽음은 기억상실증 같은 거.

바람의 집　　이승이 지옥이라 생각합니다.

황명자　　죽음을 각오하고 자신을 마지막으로 묻어줄 사람을 찾아 헤매다 인생의 참 의미를 알게 되는 영화 〈체리향기〉가 생각납니다.

나팔꽃　　사랑을 했던 시간, 잃었던 시간도 인생의 선물입니다. 내가 무한의 세계로 다시 여행을 떠나다.

쌈대장　　일본에서 장례식을 봤어요. 아무도 울지 않고, 꼭 살아 있는 이에게 그러듯이 지인들이 한 사람 한 사람 편지를 써서 낭독하더라구요.
인상적이었어요.

이예선　　암말기 환자를 볼 때마다 느낌은, 그래도 삶에 사치품은 있나보다… 생각합니다. 아무것도 잃어버릴 것이 없고 더 잃어도 상관없는 지금 난, 생명의 연장선이 벅찹니다.

봄비머금　　다가올 나의 죽음보다 주위 사람들의 사라짐이 더 두려워요.

바닷가 우체국　　몸은 사라졌으나, 살아 좋아했던 것들을 보며 나의 존재를 생각해주세요.

시린 하늘 　　　 현무암처럼 하나의 참숯으로 태어나리라. 섭씨 3000도의 열을 가하면 참숯이 된다지요? 참숯은 몸속의 중금속과 불순물을 뺀다지요.

김은주 　　　 가끔 함께 도시락 까먹던 마지막 날이 생각나.

비가 된 여자 　　　 김장. 겨울 버스 안 아주머니 짝짝이 양말, 졸업식 나만의 기억이 넘실거려요. 보고 싶어요. 당신.

동생은 이사를 가고, 친구는 외국으로 이민을 가고, 아이는 조금씩 커 간다. 내가 사는 도시도 집안 살림을 하나씩 들여오는 것처럼 뭔가 끊임없이 움직이고 변해 간다. 이 변화에 놀라는 나는 어디서든 잃음 속에 얻음이 있음을 본다. 괴로움 끝에 깨달음이 있고, 깨달음 속에 삶의 변화가 찾아오리라.

다른 때는 절대로 깨달을 수 없는 절박한 깨달음이 있다. 살아야 하고, 살아서 좋은 일을 많이 해야 한다. 인간의 최고의 덕목인 겸허한 마음을 되찾고 많이 사랑해야 하는 깨달음. 바로 여기에 삶과 죽음 그 많은 변화의 의미가 있는 것이리라.

이렇게 세월이 가면서 떠나감과 죽음에 대해 또렷하게 인식하면 살아 있음이 더 감격스러운 거겠지. 어쨌든 살아가는 의미만을 생각하였다.

에필로그

행복이나 행운이란 곧 꺼져 드는 촛불 같아서 환히 켜 있는 순간에만 기쁜 것이지, 어느 순간 금세 사그라지고야 만다. 그만큼 허망하게 꺼져 들기 쉽고, 오래 지속되기가 쉽지 않다는 점. 늘 마음 한구석에 예비해 두고 싶다.

보통 우리는 과거와 끊어지고, 지금은 불편하고, 미래는 두려움 가득 찬 느낌을 가진다. 하지만 떨어져있을 때조차 우리는 기억과 피속에서 우리는 사랑하는 이들과 함께 있다.

사람이나 인생이나 그저 바람과 같은 존재임을 기억하고 그 바람 속에서 그리운 이들이 있고, 간직할 아름다움이 있다는 것만으로 만족하려고 노력한다. 그럴 줄만 안다면 삶이 그리 힘겹지만도 않으리라.

내 딸에게도 틈틈이 알려주고 싶다. 인생이 얼마나 경이롭고 은혜로운 선물인가를……

에필로그

그래도 살아가야 합니다.

아픔을 참기 힘들면 누군가에게 얘기하고 맘껏 우세요.

실컷 얘기하고 맘껏 우는 방법을 찾아야 해요.

혼자도 있어보세요.

결코, 혼자가 아님을 기억하세요.

당신이 고통받는다면 당신 곁에

고통받는 신께서 함께 계심을 기억하세요.

날 아프게 했거나 사라진 사람들에 대한

좋은 기억을 떠올려보세요.

감사할 일들을 세어보세요.

힘들면 묵상하며 기도해보세요.

토끼도 집이 있고, 거미는 거미줄이 있고,

꽃씨는 씨방이 있어요. 저마다 자기 영혼을 살필 집이 있지요.

누구에게나 자기 안의 그 깊은 등불 켜진 방

영혼의 집이 있어요.

그 안에서 두 손 모아 기도해보세요.

훨씬 편해지실 거예요.

상실은 무조건 다 잃어버리는 게 아니지요.

상실에 대한 치유는

그 상실조차 나의 일부로 느끼는 거

그럴 때 다시 시작할 수 있어요.

신께서는 당신을 사랑합니다.

누군가도 당신을 사랑하고 있어요.

부디 잊지 마세요.

시를 쓴 시인

삽포

기원전 600년경의 그리스 여류 시인. 현존하는 작품은 적지만 사랑하는 여자의 심정을 열정적으로 노래했다. 소녀들을 모아 놓고 시와 음악을 가르친 탓에 동성애라는 눈초리를 받기도 했다. 그녀는 미소년과의 실연 끝에 자살했다고 전해진다.

구스타포. A. 베케르

1836~1870. 스페인의 서정시인. 세비야 귀족 출신으로 태어났다. 시집 《가락》의 점경 풍의 묘사는 그의 시의 한 특색을 이루고 있다. 로맨틱한 격정에서 분리시켜 애감에 가득찬 새로운 서정을 스페인 시단에 선사했다. 서정 시집 《노래》 외에 산문 《이야기》 등이 출간되었다.

까비르

1440~1518. 인도에서 성자로 추앙받는 시인. 동방의 예수라고도 일컬어진다. 평생 직조공으로 살며, 진리를 추구하는 삶을 살았다고 한다. 까비르의 열렬한 구도심은 스승 라마난다 밑에서 더욱 성숙하고 싶어져 그의 시들은 훗날 세계적인 시성 라빈드라나트 타고르의 시적 영감의 원천이 되어 그의 노벨 문학상 수상작인 '기탄잘리'를 탄생시키기도 했다.

바이런

1788~1824. 영국의 낭만파 시인. 런던에서 태어났으나 어머니의 고향인 스코틀랜드의 항구 도시 애버딘에서 자랐다. 1823년 그리스 독립군을 돕다가 말라리아에 걸려 죽기 전까지 《게으른 나날》, 《카인》, 《사르다나팔루스》, 《코린트의 포위》 등의 저서를 발표했다. 그의 작품 속에는 비통한 서정, 날카로운 풍자, 근대적 고뇌가 담겨 있다.

앤 섹스턴

1928~1974. 미국의 여류 시인. 그녀의 시는 강렬하게 감정에 호소하며 성, 죄의식, 자살 등 금기시되었던 소재들을 집중적으로 다뤘다. 그녀는 종종 여성의 관점에서 본 임신, 여성의 육체, 결혼 등의 여성적인 주제들을 과감하게 도입했으며, 시 '그녀의 종류'에서는 화형에 처해지는 마녀와 자신을 동일시하기도 했다. 안타깝게도 앤 섹스턴 역시 대표 여류 시인 실비아 플라스처럼 정신 질환으로 고생했으며, 결국 자살로 생을 마감했다.

로제티

1830~1894. 영국의 여류 시인. 런던에서 태어났다. 화가였던 오빠 단테이 게이브리얼 로제티가 주도한 '라파엘 전파'의 영향을 받아, 신비적이고 종교적인 분위기의 시 세계를 추구했다. 그녀는 영국에서 그 명성이 후세에 전해질 정도로 유명하지 못했지만 아름다우면서도 슬픈 시풍으로 많은 이들에게 기억되고 있다.

필립 수포

1897~1990. 프랑스의 시인이자 작가. 다다이즘·쉬르리얼리즘 운동에 참가하였으며 브르통과의 공저 《자장(磁場, 1921)》이 있다. 주요 저서로는 시집 《나침반》, 《조지아》가 있는데, 애수와 아이러니에 넘치는 상송 풍의 시가 많이 수록되어 있다. 전후 청년들의 허탈 상태를 그린 전형적인 작품인 소설 《좋은 사도》도 발표했다.

바흐만

1926~1973. 오스트리아의 여류시인. 주요 작품으로는 1953년 시집 《유예된 시간》과 1956년 《큰곰자리에의 호소》 등이 있다. 그녀의 비유적인 언어 표현, 유창한 상징적 표현법, 그리고 웅대하고 힘찬 리듬 구성에서 독자적인 작품 세계를 엿볼 수 있다. 그 외 《맨하탄의 선신》과 산문, 소설집 《서른 살》, 《동시에》 및 1인칭 소설 《말리나》가 있다. 그녀는 유럽적인 시법에 통달해 있지만, 릴케와 더불어 발레리, 엘리어트 등의 영향을 받은 것으로 보인다.

김소월

1902~1934. 평안북도 구성에서 태어났다. 김소월은 민중의 한과 슬픔의 정서를 누구보다 잘 표현한 민족 시인이다. 그가 남긴 단 한 권의 시집 《진달래꽃》은 많은 출판사에서 판본으로 거듭 출간되기도 했다. 《진달래꽃》외에도 사후 1939년 김억이 엮은 《소월시초(素月詩抄)》, 1966년 하동호와 백순재 공편의 《못잊을 그사람》이 있다. 1981년 예술분야에서 금관문화훈장이 추서되었다. 또한 시비가 서울 남산에 세워져 있다.

백석

1912~1995. 평북 정주에서 태어났다. 1929년 오산고등보통학교를 졸업하고 도쿄 아오야마 학원에서 영문학을 공유했다. 1930년 《조선일보》 신년현상문예에 단편 소설 '그 모와 아들'이 당선되었으며, 1935년 시 '정주성'을 《조선일보》에 발표하여 시인으로 등단했다. 방언을 즐겨 쓰면서도 모더니즘을 발전적으로 수용한 시들을 발표했으며, '통영', '적막강산', '북방' 등 그의 대표작들은 실향 의식을 한국 고유의 가락에 실어 노래한 향토색 짙은 서정시다. 토속적이고 민족적인 언어를 구사하는 우리나라 대표 시인으로 자리 매김하고 있다.

윤동주

1917~1945. 일제강점기에 짧게 살다간 젊은 시인으로, 어둡고 가난한 생활 속에서 인간의 삶과 고뇌를 사색하고, 일제의 강압에 고통받는 조국의 현실을 가슴 아프게 생각한 고민하는 철인이었다. 이러한 사상은 그의 시 속에 고스란히 반영되어 있다. 주요 작품으로는 《서시(序詩)》, 《또 다른 고향》, 《별 헤는 밤》 등이 있다.

신동엽

1930~1969. 충청남도 부여읍에서 태어났다. "껍데기는 가라", "누가 하늘을 보았다 말하는가"라고 외친 시인 신동엽은 죽은 지 마흔 해가 넘었지만 아직도 살아있는 현재적 의미의 시인이다. 그는 1970년대 이후의 참여 시인들에게는 한용운, 임화를 비롯한 카프 계열의 시인들과 이육사의 맥을 이으며, 강렬한 민중의 저항의식을 시화하였다. 시론을 쓰기도 하였으며 시극 운동에도 참여했다. 주요 작품으로는 《삼월》, 《밤》 등이 있다.

스탠리 쿠니쯔

1905~2006. 미국의 시인. 하버드대학교 대학원을 졸업했다. 1930년 시집 《지적인 것들》을 발표했다. 1995년 내셔널 북 어워드, 1959년 내셔널 메달 오브 아트, 1959년 퓰리처상을 수상했다.

타데우슈 루제비치

1921~. 폴란드의 시인. 그의 시에는 나치 점령하의 경험을 바탕으로, 모든 인도주의적인 전통에 대한 신뢰상실을 조명한다. 현대 유럽문학에서 중요한 위치를 차지하는 시인으로 인정받고 있다.

신도 료코

1932년 일본태생. 시집으로《장미의 노래》,《장미밟기》등이 있다

엘제 라스커 쉴러

1869~1945. 독일의 여류 시인이자 극작가. 현실과 환상이 용합(溶合)된 메르헨풍의 산문작품과 함께 내면표상에 새 경지를 개척했다. 1932년 클라이스트상을 받았다. 주요 작품으로는《명부(冥府)의 강》,《나의 기적(奇跡)》등이 있다.

디킨슨

1830~1886. 미국의 여류 시인. 매사추세츠 주의 애머스트에서 태어났다. 홀리요크 여자 대학 졸업 후, 출생지에서 안정된 일생을 보내고, 시는 수 편을 제하고는 사후에 발표되었다. 신비적인 깊이와 시단(詩壇) 의식에 구애됨이 없는 감명 깊은 기법이 높이 평가되고 있다. 작품은 그녀가 세상을 떠난 후에야 6권이 출판되었다.

파블로 네루다

1904~1973. 칠레의 시인이자 외교관. 남부의 소도시 테무코에서 태어났다. 1920년 수도 산티아고에 가서 교사 생활을 하며 시를 쓰기 시작했다. 1925년《무한한 한 인간의 시도》란 장편시를 발표하여, 초현실주의의 뛰어난 시인으로 인정받았고, 1927~1934년 미얀마 · 자바 · 싱가포르 · 중국 · 실론 등지에 칠레의 영사로 근무하면서 쓴《지상의 주거(地上의 住居)》는 그의 최고의 걸작으로 알려져 있다. 에스파냐 서정시에 영향을 준 남아메리카의 유일한 시인으로 1971년 노벨 문학상을 수상했다.

파스칼

1623~1662. 프랑스의 문학자, 수학자, 물리학자, 철학자이다. 프랑스에서 태어났다. 이 조숙한 천재는 수학과 물리학에서의 수많은 업적과 얀센주의로의 회심을 통해 '인간의 위대함과 비참함'이라는 이중성(모순)의 심연에로 돌진하여 '신음하며 신을 추구한다'는 철저한 신앙인의 경지에 이르렀다. '기하학의 정신'과 '섬세의 정신'에 의해, 나아가 불안을 자각시키는 것에 의해 신비적인 심정적 동의에서 무신앙자를 신앙으로 이끌고자 하는 그의 《팡세》는 '이성과 신앙'이라는 인간의 본질적 이중성의 근본문제, 아우구스티누스 이래의 원죄의 문제를 근대적인 형태로 다시 제기한다. 그는 실존주의의 선구자이기도 하다.

알렉산더 포프

1688~1744. 영국의 신고전주의 시대를 대표하는 시인이자 비평가. 대표작으로는 풍자시 《우인열전》이 있으며, 철학시 '인간론'은 표현의 묘사가 뛰어난 역작이다. 그 외《비평론》, 《머리카락을 훔친 자》, 《윈저의 숲》, 호메로스의 역시《일리아스》, 《오디세이》등이 있다.

천 개의 바람이 되어

초판   1쇄 인쇄 2014년 5월 8일
초판   1쇄 발행 2014년 5월 15일

지은이   신현림
펴낸이   임종원
펴낸곳   문학의문학 / 사과꽃
마케팅   오중환
디자인   강지우

등록번호   105-91-90635(2014.2.11)
주소   서울특별시 마포구 마포대로 12 (마포동. 1103호)
전화   02-722-3588
팩스   02-722-3587

ISBN 979-11-952739-2~8 (03810)

책의 판권은 '문학의문학'에 있습니다.
값은 뒷면에 적혀 있습니다.

사과꽃은 '문학의문학' 문화예술, 영성 브랜드입니다.

저자인세와 출판사 판매수익금 전액을
재난방지기금으로 기부합니다.